UN AMOUR DE SORCIÈRE À LA SAINT-VALENTIN

UNE PETITE ENQUÊTE DES SORCIÈRES DE WESTWICK

LES PETITES ENQUÊTES SURNATURELLES DES SORCIÈRES DE WESTWICK

TOME SIX

COLLEEN CROSS

Traduction par
ELKE WILL

Un amour de sorcière à la Saint-Valentin : Une Petite Enquête des Sorcières de Westwick

Publié par Slice Publishing

Ebook ISBN : 978-1-77866-134-1

Audio ISBN : 978-1-77866-133-4

Broché ISBN : 978-1-77866-136-5

Couverture rigide ISBN : 978-1-77866-135-8

DE LA MÊME AUTEURE

Fraudes : Thrillers judiciaires de Katerina Carter
Stratégie de sortie: Crimes et enquêtes
Théorie des jeux
Formule mortelle
Mise au vert
Rouge vif - Nouvelle
Lune Bleue - Roman court

La Couleur de l'argent : Enquêtes criminelles de Katerina Carter
(Coffret 3 volumes)
Thrillers judiciaires de Katerina : Tomes 1 et 2
Thrillers judiciaires de Katerina Carter : Tomes 3 et 4

Les Petites Enquêtes Surnaturelles des Sorcières de Westwick

Charmée de vous rencontrer
De la sorcière à la richesse
Le sort vers la gloire
Pas de réveillon pour les sorcières
L'heure de sorcellerie mortelle

Un amour de sorcière à la Saint-Valentin

Enquêtes Surnaturelles des Sorcières de Westwick

Site Web :
http://www.colleencross.com

**Inscrivez-vous à son bulletin d'information pour être
immédiatement informé de nouvelles parutions !
http://eepurl.com/c1hzCv**

UN AMOUR DE SORCIÈRE À LA SAINT-VALENTIN

UNE PETITE ENQUÊTE DES SORCIÈRES DE WESTWICK

Jusqu'à ce que la mort nous sépare…

Cendrine West et les sorcières de Westwick attendent avec impatience une Saint-Valentin enchanteresse pleine de romance, d'admirateurs secrets et peut-être même une proposition de mariage ou deux. L'amour est dans l'air, mais tante Pearl s'en fiche.

La dernière aventure commerciale de Ruby amène des invités inattendus et une proposition mystérieuse pousse Cen à se lancer dans une quête. Puis la flèche de Cupidon attrape une malédiction, et soudain tout l'enfer se déchaîne !

CHAPITRE 1

Je viens d'une longue lignée de sorcières accomplies. Les gens pensent que les sorcières ont toutes sortes de méthodes à leur disposition pour gagner bien leur vie, mais ce n'est tout simplement pas vrai. Nous suivons un ensemble de règles strictes interdisant l'utilisation de la sorcellerie à des fins financières ou matérielles. Westwick Corners est une petite ville avec très peu d'emplois, nous avions donc besoin d'ingéniosité et de créativité pour joindre les deux bouts.

La principale source de revenus de la famille West est notre Westwick Corners Inn, notre chambre d'hôtes de charme, qui nous permet de rester à flot financièrement. Non seulement que j'accomplis plusieurs tâches à l'auberge, je suis également l'éditrice et la seule employée du Westwick Corners Weekly. Il y a quelques années, j'ai racheté l'hebdomadaire de la commune du propriétaire à la retraite, ce qui m'a permis de trouver un emploi. Mais pour le moment, j'étais entièrement concentrée sur mon estomac grondant qui criait famine.

L'arôme des muffins à la banane sortant du four m'entoura alors que je poussais la grande porte qui séparait notre salle à manger des invités de la cuisine. Entrer dans la cuisine était un grand « NON » pour mon régime. Je contrôlais les calories et j'avais atteint mon quota quotidien de muffins avec un muffin aux canneberges au petit-déjeuner il y a une heure. Les pâtisseries quotidiennes de maman étaient un risque professionnel permanent. Quoi qu'il en soit, j'entrai dans la cuisine avec détermination, à ne pas laisser même un morceau de la pâtisserie de maman passer à travers mes lèvres.

Maman ouvrit la porte du grand four industriel en acier inoxydable avec des gants de four surdimensionnés. Elle sortit une lourde plaque en fonte et me la tendit.

— Un muffin pour ta concentration, Cen ?

J'eus l'eau à la bouche, mais je secouai la tête.

— Je ne peux même plus zipper la robe que j'ai achetée spécialement pour la Saint-Valentin. Je dois perdre plus de deux kilos d'ici ce soir et encore deux kilos avant le dîner de demain.

Mon estomac grogna en signe de protestation.

Maman rit et mit le moule à muffins sur un dessous de plat sur le buffet pour le refroidir à côté d'une deuxième fournée de muffins aux myrtilles.

— Deux kilos, c'est faisable en une semaine ou deux, pas dans la journée. Tu ne peux pas t'affamer, et tu ne devrais pas non plus. Tu es superbe comme tu es.

Facile à dire pour maman — elle avait été une athlète dans sa jeunesse, une sprinteuse étoile dans l'équipe d'athlétisme de l'université. De nos jours, elle brûlait des calories en gérant l'auberge et en s'occupant du grand potager qui fournissait la majorité de la nourriture de l'auberge. Contrairement à moi, elle fut disciplinée et s'entraîna la plupart du temps. Elle mangea ce qu'elle voulait et ne prit pas un seul gramme.

Tante Pearl ne fit rien de tout cela, mais elle avait l'air d'un squelette ambulant et conserva sans effort son poids corporel de quarante kilos. Le patrimoine génétique des West m'avait en quelque sorte contourné. Je prenais du poids dès que j'écrivais une liste de courses. J'étais plus dodue, plus grande et plus jolie que le reste de ma famille. Même mes boucles blondes et droites se démarquèrent du standard familial des boucles brunes. Maman avait toujours été vague sur notre généalogie familiale. Sans mes capacités de lancement de sortilèges, j'aurais pensé avoir été adopté. La porte de la cuisine s'ouvrit si fort qu'elle heurta le mur.

— Bon sang ! Ruby, qu'est-ce que tu brûles là ?

Tante Pearl fronça les sourcils en entrant dans la cuisine. L'écart d'âge entre maman, la plus jeune, et tante Pearl, la plus âgée, était de plus d'une douzaine d'années, mais vous ne le sauriez jamais. Tante Pearl avait l'air exceptionnellement jeune pour son âge en raison de sa fuite active du mode de vie légal.

Quand elle ne fut pas occupée à enfreindre la loi ou à mettre le feu aux choses, elle s'amusait à harceler le shérif de la ville. Elle était une bombe criminelle à une seule femme et la personne âgée la plus rebelle que l'on puisse imaginer. Maman fit non d'un signe de main.

— J'encourageai juste Cen à goûter un muffin. J'ai des myrtilles, des bananes et des pépites de chocolat. Tu en veux un ?

Les yeux de tante Pearl se plissèrent, prêts à se disputer.

— Faire de la pâtisserie c'est une perte de temps. Va acheter ces trucs. Si vous passiez toutes les deux plus de temps à faire de la magie au lieu de jouer avec des plaques à gâteaux en fonte, ce monde — et notre ville — serait un meilleur endroit.

Maman secoua la tête.

— Faire de la pâtisserie soi-même est moins cher et plus sain que tout ce que tu obtiens à l'épicerie. L'auberge met de la nourriture sur la table. La dernière fois que j'ai vérifié, l'école de charme de Pearl était fermée en raison du faible taux d'inscription. Même le journal de Cen gagne de l'argent.

Maman me regarda avec un air dubitatif. Je croisai les bras défensivement.

— Bien sûr, mon journal gagne de l'argent. J'ai déjà vendu un mois de publicité pour mon édition spéciale de la Saint-Valentin. Ma famille considérait mon journal communautaire comme un passe-temps et cela me frustra sans fin.

— Inutile de te mettre en colère, Cen. Je voulais juste faire valoir un point, déclara maman.

— Je n'étais pas…

Tante Pearl rigola.

— Cen est juste en colère parce que personne ne lit ses articles, Ruby. Tu sais aussi bien que moi que les gens ne l'achètent que pour les dépliants et les coupons.

Le travail quotidien de tante Pearl fut d'être la gouvernante de l'auberge, mais elle exploitait également l'école de charme de Pearl, une école de sorcières. Ses élèves ne sont jamais restés plus d'un semestre, chassés par son tempérament acariâtre. Mais la moindre critique de l'école de tante Pearl le mit tellement en colère que maman et moi nous taisions en général. Qui était-elle pour douter de mon sens des affaires ?

L'auberge et notre ville prospéraient chaque fois que les touristes venaient en ville. L'astuce consistait à les attirer dans notre petit hameau caché qui fut hors des sentiers battus. Nous avons eu quelques années de vaches maigres au début, mais l'idée de maman de transformer notre manoir familial en une pension boutique il y a quelques années fut un grand succès. Nous avions récemment ajouté un bar et un domaine viticole sur notre propriété et commercialisé notre auberge comme une petite escapade confortable loin de l'agitation de la vie urbaine.

Malgré notre modeste succès, ce fut une bataille constante pour que tante Pearl contribuât avec sa part du travail. Tante Pearl détestait l'idée même de visiteurs. Elle consacra autant d'énergie à chasser les visiteurs que nous à les attirer. Notre existence même dépendait du tourisme, mais tante Pearl ne pouvait pas l'accepter.

Tante Pearl se dirigea vers le comptoir et s'arracha un morceau de muffin à la banane fraîchement cuit. Elle mit le morceau dans sa bouche et grimaça.

— Mais c'est horrible, Ruby ! Tu ne peux pas servir cette cochonnerie à nos hôtes.

— Tu n'aimes même pas les muffins à la banane. Alors pourquoi t'en as pris un ?

Maman s'essuya le front avec le dos de la main et soupira.

— Ça n'a pas d'importance. Personne ne va manger ces déchets.

Tante Pearl porta sa main à sa bouche et cracha le morceau de muffin dans sa paume. Elle s'approcha de la poubelle et brossa les miettes de sa paume et les jeta dans la poubelle. Je rouspétai.

— Tu as gâché ce muffin exprès.

Tante Pearl fit la moue.

— Trop sucré pour mon goût.

— Nos clients adorent ma pâtisserie, même si tu ne l'aimes pas, déclara maman.

— Cela ne t'intéresse même pas. Tu nettoies à peine les chambres, et ce nouveau barman que t'as embauché est terrible. Il verse trop et ne sert pas assez.

Tante Pearl leva les yeux au ciel.

— Les clients adorent Lucky. Je te l'ai dit, Ruby, je ne peux pas passer plus de temps dans ce piège à touristes. Je dois gérer l'école de charme de Pearl.

Maman soupira.

— L'auberge, elle te regarde aussi, Pearl. Tu dois faire quelque chose avec Lucky. Il nous fait perdre tout notre bénéfice.

— Tu pourrais redevenir barman, tante Pearl. Cela nous ferait économiser de l'argent.

Les gens acceptèrent plutôt un barman grincheux qu'une femme de ménage grincheuse. L'alcool semblait apaiser la tension.

— Nan. J'suis trop occupée. Tante Pearl secoua la tête.

— Pourquoi tu ne le fais pas toi ?

Je secouai ma tête.

— Je réceptionne déjà les hôtes, je m'occupe de la comptabilité, et je fais toute la lessive. Je ne peux pas faire plus. Surtout, tu n'as même pas d'étudiant en ce moment.

— C'est juste temporaire pendant que je mets à jour le programme.

Les yeux de tante Pearl se plissèrent alors qu'elle me regarda du haut en bas.

— Tu sais, Cen, j'aurais besoin de testeurs de sortilèges bêta. Si tu m'aides, je t'aide à mon tour. Tu pourrais avoir besoin de quelques rafraîchissements de magie toi-même.

— Arrête de changer de sujet, tante Pearl. Ma magie est au beau fixe.

Ma magie aurait besoin d'un peu de rafraîchissement, c'est vrai, mais je pratiquais régulièrement avec le peu de temps libre que j'avais. Par contre, maman avait raison. L'auberge fut priorité numéro un. Elle nous nourrissait, nous habillait et gardait un toit au-dessus de nos têtes. La sorcellerie fut un bon supplément, mais elle ne payait pas les factures.

Maman était à l'évier, lavait et rinçait la vaisselle.

— Pearl, si les affaires ne reprennent pas rapidement, tu devras te débarrasser de Lucky. Nous ne pouvons pas nous permettre son salaire.

— Tu ne peux pas faire ça, protesta tante Pearl.

— J'ai promis à sa mère que je lui donnerais un travail.

— Tu ne devrais pas prendre des engagements sans me le demander d'abord, dit maman.

— Lucky ne fait même pas surface la moitié du temps. Et quand il le fait, il est en retard. Si c'était à moi de décider, je l'aurais jeté dehors après son premier jour de travail. C'est presque comme si tu voulais que notre entreprise échoue.

Tante Pearl fit la moue.

— Lucky est un barman fantastique. Il fait des boissons incroyables. Il est parfait pour le travail.

— Seulement si l'argent n'est pas un problème, dis-je.

— Chaque boisson qu'il mixe est la double dose. D'ailleurs, je doute même que Lucky soit son vrai nom.

Tante Pearl avait embauché Lucky il y a trois semaines sans CV ni références lorsqu'il avait déménagé en ville. C'était un homme sans passé qui semble sorti de nulle part. Nous ne savions rien de lui, et il ne savait presque rien sur le métier de barman. Il nous ruinerait si nous ne faisions pas attention. Maman soupira.

— Il s'habille comme un gangster. Je sais qu'on ne peut pas juger les gens d'après leur apparence, mais pourquoi a-t-il besoin de ces costumes tape à l'œil ? Pourquoi doit-il changer de vêtements deux ou trois fois en un seul quart de travail ? Il arrive toujours en retard et part tôt. Regarde les choses en face, Pearl, il n'est pas fait pour être simple employé. Il a d'autres choses en tête en plus de s'occuper du bar.

— Bon, très bien. Je vais lui parler. En attendant, tu devrais être plus indulgente avec lui. Tout le monde mérite une deuxième chance.

Tante Pearl se servit un autre muffin, cette fois un aux myrtilles. Elle arracha un morceau de muffin et le tint entre ses doigts. Elle le porta jusqu'à son nez et le renifla. Elle le laissa tomber sur le comptoir avec une grimace.

— Eh bien, peut-être pas.

Je fronçais les sourcils.

— Maman passe beaucoup de temps à au four pour faire des pâtisseries fraîches pour nos clients. Maintenant, à cause de toi, il faut qu'elle fasse cuire une autre plaque.

Tante Pearl croisa les bras en signe de défense. Un sourire suffisant se répandit sur son visage alors qu'elle regardait le muffin sur le comptoir, puis moi.

— Si les muffins sont si bons, Cen, pourquoi n'en manges-tu pas ?

— Je suis au régime.

Je regardai avec envie ce qu'il restait du muffin. Aux myrtilles était mon muffin préféré après la banane. Tante Pearl me raillait délibérément, et je sentis ma détermination vaciller.

— Tu vas le gaspiller ?

Tante Pearl sourit méchamment.

Je cédai et attrapai le muffin et le goûtai.

— Maman... c'est délicieux.

Maman sourit puis se retourna vers le four. Elle sortit une autre plaque à muffins du four et la plaça sur la cuisinière pour la refroidir. Maman supervisait les opérations quotidiennes de l'auberge. Elle prépara également le petit-déjeuner, le déjeuner et le dîner et cuisina de délicieuses friandises tous les jours. Tante Pearl n'avait qu'à nettoyer huit chambres, dont la plupart n'étaient occupées que le week-end. Pourtant, elle fit de son mieux pour créer une mauvaise expérience client à sa manière. Alors que les chambres avaient toujours des draps propres et des produits salle de bains frais, les clients se réveillaient souvent avec des bruits étranges la nuit, des fenêtres qui s'ouvraient ou se fermaient soudainement et d'autres manigances mystérieuses. Elle hanta littéralement nos hôtes. Parfois, ils étaient si effrayés qu'ils partaient plus tôt.

Tante Pearl blâma toujours grand-mère Vi. Ma grand-mère fantomatique fut décédée il y a plusieurs années, mais n'avait jamais quitté sa maison bien-aimée. Notre fantôme résident fut un esprit bénin qui resta la plupart du temps pour elle. Elle apprécia tout simplement notre compagnie et l'ambiance chaleureuse de l'auberge. Elle n'éloignerait jamais nos hôtes payants.

Les sortilèges et les manigances de tante Pearl nuisaient aux affaires, ce qui fut exactement son intention. Ce qui m'amène à un autre de mes devoirs d'auberge : nettoyer les dégâts de ma tante avec mes propres contre-sortilèges secrets. Ce travail ne me dérangeait pas tellement, car il avait l'avantage secondaire de perfectionner davantage ma sorcellerie. J'étais maintenant une meilleure sorcière que tante Pearl, même si elle ne l'admettait jamais.

J'avais un œil sur l'endroit où se trouvait tante Pearl et je désamorçai toute altercation avec les forces de l'ordre de la ville. Ils arrivèrent souvent, et nos shérifs allaient et venaient avec une fréquence étonnante. C'est-à-dire jusqu'au shérif actuel. La seule chose positive issue des violations de la loi par tante Pearl était qu'elle m'avait présenté à mon merveilleux petit ami shérif, Tyler Gates.

La simple pensée à ses yeux brun chaud et au sourire contagieux de Tyler fit fondre mon cœur. Peut-être qu'il serait bientôt plus qu'un simple petit ami, peut-être même dès demain soir. Nous avions réservé un dîner pour la Saint-Valentin dans le restaurant le plus chic de Shady Creek, à proximité. Nous avions déjà parlé de mariage de manière désinvolte, mais dernièrement, Tyler avait laissé tomber des indices.

Si cet événement inespéré se produisait vraiment, je voulais être habillée pour l'occasion et porter ma nouvelle robe rouge étincelante de la Saint-Valentin. J'aurais l'air spectaculaire lorsque j'accepterais sa demande en mariage, même si je devais faire rentrer mon corps potelé dans ma robe un peu trop petite. Je devais essentiellement me priver de nourriture d'ici là, mais j'étais prêt à le faire. Tout cela ne serait pas gâché avec un muffin riche en calories.

Je baissai les yeux et je haletai. Tout ce qui restait dans ma main était des miettes. J'avais mangé un muffin entier sans même m'en rendre compte !

Tante Pearl regarda maman avec méfiance.

— Pour qui cuisines-tu exactement, Ruby ? Nos derniers hôtes sont partis hier matin.

Je me le demandais aussi d'ailleurs, parce que je n'étais au courant d'aucune réservation à l'auberge. C'était aussi étrange. Nous étions généralement complets pour le week-end de la Saint-Valentin.

Le visage de maman rougit alors qu'elle plaçait un grand panier en osier doublé d'une serviette en lin sur le comptoir. Elle souleva l'un des moules à muffins et le retourna avec précaution. Les muffins tombèrent dans le panier et l'arôme de la banane cuite flotta dans l'air.

— Je, euh… je ne peux pas parler maintenant. J'ai encore d'autres plats à cuisiner et la pâtisserie à finir.

Je salivai à l'arôme alors que mon estomac réclama davantage.

— Tu disais ?

Maman ne répondit pas.

La forme translucide de grand-mère Vi se matérialisa soudainement. Elle flottait à travers le mur qui séparait la cuisine de la salle à manger. Ma grand-mère fantomatique fit toujours partie de notre vie quotidienne. Heureusement, elle ne pouvait être vue que par les membres de sa famille. Elle plana en face de moi et dit d'une voix chantante :

— Mmm… des muffffffins ! Tes préférés, Cen !

Je secouai la tête.

— Non, non. Je suis au régime, tu te souviens ?

Grand-mère Vi ricana.

— Tu as foiré ton régime, Cen. En fait, t'as l'air plutôt rondelette ces derniers temps.

— Tu penses que je suis grosse ?

Mes épaules s'affaissèrent dans la défaite. Qu'est-ce qui m'avait poussé à acheter une robe de deux tailles trop petites ? Imbécile, imbécile, imbécile. Perdre quelques kilos par mois avait semblé assez facile l'automne dernier alors que j'avais encore des mois pour atteindre mon objectif. Mais la Saint-Valentin, c'était demain. Au lieu de perdre du poids, j'avais même pris quelques kilos de plus à Noël. Je m'étais un peu trop servi de la pâtisserie de Noël et la nouvelle ligne de vins du domaine familial, l'Heure de Sorcellerie. Entre-temps, la Saint-Valentin s'était rapprochée de plus en plus, et maintenant c'était demain.

Grand-mère Vi plana devant moi, son corps translucide, une sorte de barrière entre moi et le comptoir.

— Je te dis juste la vérité, Cen. Même si tu arrêtes de manger, il n'y a aucun moyen que cette robe te convienne demain.

Tante Pearl rigola.

— Lance un sort. Augmente la taille de cette robe ridicule.

Je croisai les bras en défense.

— Tu sais que je ne peux pas faire ça. C'est un abus de pouvoir et contre les règles de la WICCA. L'utilisation frivole de la magie a été désapprouvée par Witches International Community Craft Association. L'ajustement dans la robe était important, mais pas le niveau d'interdiction WICCA.

Tante Pearl leva les yeux au ciel.

— Tu es tellement ridicule. Il suffit de contourner un peu les règles. Personne ne le saura.

C'était un mensonge. Si j'enfreignais une règle, aussi légère soit-elle, tante Pearl se moquerait de tante Amber, qui fut l'une des principales dirigeantes de la WICCA. Tante Amber insisterait pour que sa nièce, qui enfreint les règles, serve d'exemple à tous les membres de la WICCA. Je serais publiquement humilié devant toute la communauté des sorcières. Pas de question que j'étais prête à prendre.

J'étais en colère contre moi-même plus que tout. J'avais eu beaucoup de temps pour perdre du poids et je l'avais raté. Mon temps était écoulé.

À moins que je ne perde quelque chose comme cinq cents grammes par heure, cela n'allait tout simplement pas se produire.

Je me rappelais cette magnifique robe rouge qui était suspendue dans mon armoire, une robe de soie rouge sans manches avec un ourlet à mi-mollet qui épousait mes formes aux bons endroits. Du moins, c'était le cas lorsque je l'avais essayé avant Noël avec la fermeture à glissière arrière ouverte. Je n'avais pas pu la fermer à ce moment-là, et maintenant elle était encore plus serrée. En fait, la robe glissa à peine sur mes hanches. La robe fut l'une de ces pièces intemporelles qui auraient l'air à la mode dans n'importe quelle décennie. L'encolure ronde fut ornée de minuscules perles de cristal cousues à la main qui reflétaient la lumière et complétaient mon teint de porcelaine.

Mon achat impulsif chez Bunny's Key to Fashion, le seul magasin de vêtements pour femmes de Westwick Corners, fut une erreur. J'ai maintenant réalisé que les compliments de Bunny ne furent qu'un stratagème pour balancer son inventaire. Je ne pouvais pas être magnifique dans une robe que je n'arrivais même pas zipper. Bunny avait menti. Mais qu'on le veuille ou non, la robe était la mienne. C'était aussi la seule robe digne d'une demande au mariage que je possédais, et j'étais déterminée à la porter. Pour que cela se produise, j'avais besoin soit de modifications magiques, soit d'un plan de secours non magique. Grand-mère Vi fit irruption dans mes pensées.

— Cen ! Des nouvelles à partager ?

— Nan.

Je fixai le sol en espérant que maman et tante Pearl ne comprenaient pas l'allusion de grand-mère Vi. Ses capacités de lecture de l'esprit furent agaçantes dans le meilleur des cas, et je lui en voulais vraiment de s'immiscer dans mes pensées secrètes. Je révèlerais la nouvelle qui a changé ma vie après demain soir, lorsque Tyler m'a demandé en mariage.

Je ne pouvais pas m'imaginer de passer ma vie avec quelqu'un d'autre. Tyler et moi étions faits l'un pour l'autre, et pour moi au moins, ça avait été le coup de foudre. Un bonus supplémentaire était que Tyler acceptait ma famille farfelue, même si tante Pearl le considérait comme son ennemi juré.

Maman couvrit la plaque à muffins avec un torchon et le transporta à la porte arrière. Elle glissa ses pieds dans des sabots et attrapa la poignée de la porte.

Grand-mère Vi flottait devant maman, bloquant son chemin. Elle pointa dans la direction opposée.

— La salle à manger est par là, Ruby. Où vas-tu avec ces muffins ?

Maman s'éclaircit la gorge et regarda autour d'elle nerveusement.

— Je vais, euh… les emmener au manoir Rocklin.

Grand-mère Vi souffla.

— Pourquoi ? Cet endroit est abandonné. Personne n'y vit depuis des décennies.

Maman aspira son souffle.

— Eh bien, il est temps que cela change.

— Quelqu'un a acheté cet endroit ?

La villa Rocklin fut restée vide aussi longtemps que je me souvienne, bien avant que notre marché immobilier ne s'effondre pour de bon. Des rumeurs circulaient depuis des années selon lesquelles elle était hantée, et la plupart des gens en ville faisaient tout leur possible pour éviter l'endroit. Que ce soit ou non hanté, de nouveaux arrivants en ville eurent toujours été une grande nouvelle, alors pourquoi maman était-elle si secrète ?

La main de maman se resserra sur la poignée de la porte, mais elle ne dit pas un mot. Elle n'en avait pas besoin non plus. Ses yeux étaient baissés, comme si elle avait été prise en flagrant délit de mensonge. L'aura de grand-mère Vi devint pourpre foncé, signe certain qu'elle fut en colère.

— Pourquoi quelqu'un voudrait-il rester là-bas ?

Maman jeta un coup d'œil à sa montre.

— Viens avec moi, Cen. Je t'expliquerai tout une fois là-bas.

Les yeux de tante Pearl se plissèrent.

— Expliquer quoi, Ruby ? Tu sais que cet endroit est maudit.

Maman ouvrit brusquement la porte.

— Je suis en retard. Cen, tu viens ?

— Je ne peux pas, maman. Je dois faire paraître l'édition de la Saint-Valentin du journal.

J'avais quelques tâches de dernière minute avant de publier le numéro spécial. C'était plein de romance, de recettes et de valentines secrètes.

Cette année, il y a eu deux fois plus de messages pour la Saint-Valentin que l'année dernière, ce qui en fait l'une de mes éditions les plus rentables. Il y avait des messages d'admirateurs secrets, de petites amies et de petits amis actuels et potentiels, et le plus mignon de tous, une page entière de Saint-Valentin dessinée par des enfants à l'école primaire locale. Mais une Saint-Valentin très spéciale se démarqua des autres. Une personne anonyme — je soupçonnais qu'il s'agissait d'un homme — avait acheté une publicité pleine page pour son amour secret encore anonyme.

Ce n'était pas le seul souhait anonyme de la Saint-Valentin. Il y en avait beaucoup d'autres, et les gens aimaient deviner qui étaient les expéditeurs et les destinataires. Mais j'ai toujours su qui payait pour les publicités. Sauf pour l'acheteur de l'annonce pleine page de cette année, qui resta un mystère pour moi. Les seuls indices furent une enveloppe glissée sous la porte de mon bureau avec le vœu de la Saint-Valentin et un paiement en espèces très généreux.

Trop généreux, en fait. L'argent était suffisant pour couvrir mes dépenses pour tout le mois et une partie du mois suivant. Alors que j'étais reconnaissante d'être dans le noir pendant encore quelques mois, je craignais que mon client anonyme ait trop payé par erreur, et je voulais arranger les choses. Mais plus que tout, je voulais vraiment savoir qui était ce bienfaiteur doux et romantique.

Le souhait était sentimental, mais trop général pour deviner qui était l'expéditeur, et ma curiosité était piquée. Tante Pearl rigola.

— Personne ne lit ton papier, Cen. Arrête de me faire perdre mon temps !

— Tu te trompes. Tu serais surprise de voir à quel point mon journal est populaire.

J'en avais marre des réprimandes constantes de tante Pearl. L'un des messages de la Saint-Valentin venait du petit ami de tante Pearl, Earl. J'avais hâte de voir l'expression sur son visage quand je lui ai prouvé qu'elle avait tort.

— La seule surprise est combien de temps tu as pu garder ce

canard qui perd de l'argent. Perte de temps et d'argent si tu veux mon avis.

— Eh bien, personne ne te l'a demandé, et tu ne voudrais sûrement pas manquer mon numéro de la Saint-Valentin.

Même si j'aimais ma tante, je ne pouvais pas comprendre ce que ce gentilhomme voyait en elle. Il était poli, décontracté et gentil avec tout le monde. En d'autres termes, Earl était l'opposé polaire de tante Pearl.

— Ça n'arrivera pas, Cen.

Tante Pearl me renvoya d'un geste de la main.

— Je n'ai pas de temps pour cette stupidité sentimentale.

J'avais passé des heures supplémentaires cette semaine à relire tous les messages de la Saint-Valentin, non pas parce que je le devais, mais simplement parce qu'ils me faisaient sourire. Il y a vraiment une abondance d'amour dans ce monde. Il tourbillonne tout autour de nous, invisible à moins que nous l'écoutions et le cherchions. La malchance, la mauvaise humeur et les malentendus ne sont que des obstacles temporaires. Mais trop souvent, nous ne franchissons pas les barrières et l'amour est perdu. Je crois vraiment que la gentillesse et la bonté l'emportent, tant que nous le permettons. Les messages de la Saint-Valentin ne faisaient que réaffirmer ma conviction.

La plupart des gens sont bons de cœur, mais certains ont besoin d'un coup de pouce, voire d'une poussée, pour exprimer leur amour. Rien de tel qu'un souhait de la Saint-Valentin pour remettre votre cœur sur les rails. J'imaginais beaucoup de visages souriants demain, alors que les gens sirotaient leurs cafés du matin et découvraient le message spécial de la Saint-Valentin spécialement destiné à eux. Parfois, la vie fut misérable, mais l'amour te permettra toujours de la surmonter. Tant que tu le laisses faire, c'est ça.

— D'accord maman, allons-y.

Se disputer avec tante Pearl fut inutile, et je n'avais pas de temps à perdre.

Cela m'arrangeait parce que mon essayage de la robe a été repoussé et en même temps ma peur de ce que je savais être vrai. Je ne rentrerais pas dans cette robe, quoi que je fasse.

— Bien, parce que nous sommes déjà en retard.

Maman me fit passer par la porte arrière.

Nous fîmes le tour de la propriété juste à temps pour voir Lucky glisser du siège passager de son pick-up vert rouillé et bosselé. Il fit quelques pas en chancelant avant de s'arrêter et de nous fixer du regard. Ses cheveux étaient ébouriffés comme s'il venait de se réveiller. Il était habillé formellement dans un smoking qui était échevelé et froissé comme s'il aurait dormi dedans. Sa veste était déboutonnée, et sa chemise pendouillait hors du pantalon.

— Bonjour, mesdames. Il nous salua et tituba vers le Witching Post Bar and Grill à l'autre bout du parking.

— Cet homme doit partir, marmonna maman en faisant un signe de la main sans enthousiasme.

— Il est déjà ivre, murmurai-je.

— Il ne devrait pas conduire.

— On ne peut pas continuer ainsi. Un de ces jours…, dit maman en soupirant.

— Happy hour à midi… n'oubliez pas !

Lucky tangua et nous pointa du doigt.

— Vous avez dit quelque chose ?

— Nan, dis-je.

Il hocha la tête et continua son chemin à travers le parking jusqu'à ce qu'il atteigne la porte avant du bar. Il tourna la poignée sans utiliser sa clé au préalable. Il se retourna et fit un signe de la main avant d'entrer.

Un bar portes ouvertes avec de l'alcool gratuit fut un moyen sûr de faire faillite. Lucky fut une catastrophe et maman avait raison sur autre chose aussi. Nous avions besoin de nouvelles façons de gagner de l'argent, même si tante Pearl et grand-mère Vi n'étaient pas d'accord. Par contre, comment le manoir Rocklin rentra dans les plans de maman était un mystère. Je n'avais aucune idée pourquoi grand-mère Vi et tante Pearl étaient si contre notre visite, mais j'allais le découvrir.

<h1 style="text-align:center">CHAPITRE 2</h1>

Il fit froid et frais en ce matin de février, et les nuages bas menaçaient de faire tomber la neige. Je me suis penchée en arrière sur le siège passager de la Subaru et j'étais reconnaissante à maman d'avoir mis le chauffage à fond. L'air chaud libérait un arceau large au-dessus de la vitre glacée, tandis que le pare-brise se dégivrait lentement.

À l'intérieur de la voiture, l'ambiance était loin d'être chaleureuse et confortable.

— Comment ça, tu as mis en location le manoir Rocklin ? demandai-je.

— Je sais que nous avons besoin d'argent, mais tu ne peux pas tout simplement mettre en location une maison qui ne t'appartient pas. C'est une intrusion. Par ailleurs, c'est illégal.

Maman secoua la tête.

— T'inquiètes, tout va pour le mieux. Personne n'y vit depuis des décennies. Je vais la laisser en meilleur état que je ne l'ai trouvée, et personne ne le saura.

— En gros, tu voles, maman. Si tu n'as pas la permission des propriétaires —.

Maman m'interrompit.

— La possession est 9/10 ème de la loi, Cen.

— Non, ça ne l'est pas. Comment pouvons-nous gérer une autre propriété, maman ? Tante Pearl ne participe plus à l'auberge, et Lucky nous coûte plus d'argent qu'il n'en rapporte.

— Tout va bien se passer, ne t'en fait pas, dit maman en souriant.

C'était un samedi matin tranquille alors que nous traversions le centre-ville de Westwick Corners, et les magasins de la ville étaient toujours fermés. Les rues furent en grande partie désertes, avec peu de signes de voitures ou de personnes. Je découvris la jeep de Tyler garée devant la mairie. Il était matinal et aimait commencer tôt. Il n'y eut pas beaucoup de délinquance dans notre ville, mais Tyler, en tant que seul gardien de la paix en ville, avait toujours quelque chose à faire. Je ne voulais pas ajouter à sa liste déjà longue d'obligations policières, tout ça à cause du plan insensé — et illégal — de maman.

Je songeai à notre rendez-vous de demain pour la Saint-Valentin. Moi dans ma robe en soie rouge et Tyler dans un costume, sa main sur la mienne alors que nous nous regardions à travers une table aux chandelles dans notre restaurant préféré. Sa promesse de quelque chose de spécial me fit réfléchir et espérer. Nous avions parlé mariage. Serait-ce vraiment une bague de fiançailles ? J'étais excitée et stressée en même temps. Nos vies furent sur le point de changer, et je ne pouvais pas attendre.

Nous passâmes Molly's Café and Bistro sur la droite, où quelques véhicules, principalement des camionnettes, étaient garés à l'avant. La lumière chaude et dorée de l'intérieur confortable du restaurant se répandait sur le paysage recouvert de givre à l'extérieur. Je me retournai sur le côté sur mon siège pour voir si quelqu'un que je connaissais était à l'intérieur, mais c'était impossible à dire. Maman détourna son regard de la route vers moi.

— Nos nouveaux voyageurs nous ont appelés à l'improviste. Je ne pouvais pas les refuser et l'auberge n'était pas assez grande. Sans autre logement à des kilomètres à la ronde, j'ai dû trouver un autre plan. C'est comme ça que je suis tombée sur le manoir Rocklin.

Je fronçai les sourcils.

— Tu as réussi à contacter les Rocklins après toutes ces années ?

Les Rocklins furent « l'autre » famille de sorcières de la ville. Du moins, ils l'avaient été, jusqu'à ce qu'ils aient quitté la ville précipitamment dans des circonstances mystérieuses et inexpliquées. Cela s'est passé des années avant ma naissance, et le manoir fut resté vide et abandonné depuis, inhabité et mal aimé. Silence.

— Pourquoi cet endroit, maman ? Il y a de bonnes raisons pour que cet endroit soit abandonné. C'est une poubelle.

— J'avais besoin d'un endroit spacieux, et cet endroit est grand et inhabité. Comme il fut abandonné pendant des années, personne ne s'en souciera si je le prends en charge pendant une semaine. Il fut un temps, ce manoir était beau, et je l'ai restauré à son ancienne gloire. En fait, il est mieux qu'avant. Tout le monde est gagnant.

Maman détourna son regard de la route vers moi. Ce n'était pas dans les habitudes de maman, d'enfreindre la loi ou de violer les droits de propriété de quelqu'un. Pourtant, elle venait de le faire, réquisitionnant essentiellement la propriété de quelqu'un d'autre pour le mettre en location à des étrangers. Tout cela au nom du profit. Ses actions étaient totalement inhabituelles. Une partie de moi voulait ne rien dire et éviter les ennuis, mais en tant que membre de la famille West, j'étais déjà coupable par association.

— Tu ne peux pas prendre possession de la propriété privée de quelqu'un, maman. Je ne peux pas gérer plus de responsabilités non plus.

Entre mon journal et mes multiples emplois à l'auberge, j'avais atteint la limite de mes capacités. La prise de contrôle insidieuse de maman commencerait petite. Une semaine deviendrait deux et deux semaines deviendraient un mois, pendant lequel elle occuperait illégalement une propriété qui ne lui appartenait pas. Tante Pearl ne fut pas la seule à enfreindre la loi dans la famille. Une fois que Tyler l'aura découvert, il pourrait réfléchir deux fois, s'il voulait ou non, en tant que shérif, se marier à une fille appartenant à une famille de criminels. Alors que je ruminai sur mon siège, je vis un flash dans le rétroviseur. Maman a dû le voir aussi, parce qu'elle jetait un coup d'œil dans le rétroviseur.

— Je n'ai pas pu trouver le propriétaire, mais mes travaux de réno-vation représentent une récompense suffisante.

Une voix jaillit du siège arrière.

— Annule tout, Ruby !

J'avais trop peur de me retourner et de confronter notre Carjacker. Au lieu de cela, j'ai crié.

— Ne nous faites pas de mal !

Maman fit brusquement un écart sur l'accotement de la route. La voiture s'inclina et dévia du trottoir, se penchant dangereusement et se retournant presque. Maman reprit le contrôle juste à temps et retourna sur l'asphalte. La suspension de la voiture vrombit alors qu'elle reprenait de la traction sur le trottoir.

— Tu es trop dramatique, Cen. Détends-toi.

Grand-mère Vi flotta entre nous et plana au-dessus de la console centrale.

— Tu ferais mieux de ne pas aller jusqu'au bout, Ruby.

— Tu nous a fait tellement peur, mamie. Maman aurait pu écraser quelqu'un.

Maman me lança un regard noir.

— Ne sois pas ridicule. Je suis une excellente conductrice.

Grand-mère Vi secoua la tête.

— Tu as failli nous tuer ! Heureusement que personne d'autre n'est sur la route à cette heure-ci.

Je n'ai pas souligné le fait que grand-mère Vi était un fantôme et donc déjà morte.

— Arrête de jouer au chauffeur de la banquette arrière ou je m'ar-rête et je vais… je vais…

— Tu veux faire quoi, Ruby ? Me faire sortir et marcher ?

Grand-mère Vi se mit à rire.

— Les fantômes ne marchent pas. Tu peux me faire rien du tout ! La malédiction de Rocklin est une affaire sérieuse. Nous rompons cette promesse et il y aura de terribles représailles.

— Quelle malédiction ?

Pénétrer par effraction était déjà assez grave, mais une malédiction ? Je ne pouvais plus supporter d'autres mauvaises nouvelles. La bouche de grand-mère Vi s'ouvrit.

— Tu ne l'as jamais dit à Cen ?

— Dire quoi ? Mon regard passa de grand-mère Vi sur la banquette arrière à maman.

Maman regarda droit devant elle pour éviter de croiser mon regard.

— Tu ne crois pas aux malédictions stupides, n'est-ce pas Cen ?

— Bien sûr que si je crois aux malédictions, maman ! Une malédiction sous un autre nom est un sort malveillant et durable, n'est-ce pas ? Dans le fond, c'est de la sorcellerie maléfique.

— Eh bien, techniquement oui, mais toute cette histoire de malédiction est un non-sens. Pourquoi tout le monde me critique à chaque fois que je trouve un moyen de nourrir notre famille ?

Je ne voulais pas lui faire de mal.

— Je ne te critique pas, maman. Je suis juste un peu —.

— Un peu quoi ? Inquiète ? Tu t'inquiètes constamment de choses qui n'arrivent jamais, Cen.

Maman regarda la route devant elle et cligna des yeux en retenant ses larmes. Elle roulait plus vite.

— Ralentis, maman. Qu'est-ce que cette histoire de malédiction ?

L'intrusion était une chose. Une véritable malédiction en était une autre.

— Ce n'est pas grand-chose, déclara maman.

— Dis Cen la vérité, Ruby, cria grand-mère Vi.

— Tes actions cupides ont déclenché une malédiction qui nous nuit à tous.

Maman regarda grand-mère Vi à travers le rétroviseur.

— Est-ce que mettre un toit au-dessus de nos têtes est de la cupidité ? Est-ce que d'avoir de l'argent pour manger est de la cupidité ? Je ne vois personne d'autre contribuer à nos dépenses.

— Garde tes yeux sur la route, Ruby, dit grand-mère Vi.

Maman fronça les sourcils et appuya sur le champignon.

Ma tête retomba dans l'appui-tête à cause de la force G.

— Qu'est-ce qui nous arrive si la malédiction s'active ?

J'imaginais les pires scénarios possibles. Serions-nous blessés, voire tués ? Les Rocklins reviendraient-ils nous venger ? La ville brûlerait-elle en cendres ? Maman soupira.

— On en parlera plus tard.

Grand-mère Vi gémit sur la banquette arrière. Qu'elle soit en désaccord avec le commentaire de maman, la conduite, ou les deux, n'était pas clair.

Je regardai par la fenêtre du passager, silencieusement malade d'effroi. Je n'aimais pas me disputer avec maman, mais ce qu'elle faisait n'avait aucun sens.

Maman jeta un coup d'œil et dit de manière rassurante :

— Cela fait des décennies, Cen. Si la malédiction avait réellement existé, quelque chose serait déjà arrivé.

Grand-mère Vi soupira.

— La malédiction est réactivée, grâce à toi. Nous ne le savons tout simplement pas encore.

Je me retournai.

— Tu me dois une explication. Comment puis-je me protéger si je ne sais pas de quoi parle la malédiction ?

— Ne t'en fais pas pour ça. Je me suis occupée de tout.

La voix de maman était rude. Ses phalanges blanchirent alors que ses doigts agrippaient le volant encore plus fort. Grand-mère Vi poussa un gros soupir.

— Cen mérite de tout savoir sur la malédiction, Ruby. Après tout, elle est une cible.

CHAPITRE 3

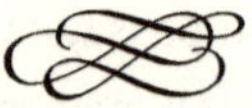

— *P*ourquoi la malédiction m'affecte-t-elle ? Je n'ai rien fait pour le mériter. Si j'étais la cible d'un coup surnaturel, j'avais besoin de protection. Comment pourrais-je me protéger de quelque chose dont je ne savais rien ?

— Ce n'est pas juste, Cen, mais chaque membre de la famille West est une cible, dit grand-mère Vi.

— Les Wests et les Rocklins remontent à loin. Nous étions autrefois alliés, mais cela a changé à jamais.

— Changé par quoi ?

Maman soupira.

— Ignore-la, Cen. Elle ne sait pas de quoi elle parle.

Nous avons atteint la périphérie de la ville et le paysage est devenu rural. Les terres agricoles luxuriantes se sont transformées en vignobles arides et enfin en forêts alors que la route sortait de la vallée et se dirigeait vers les contreforts environnants.

Autrefois, les collines furent une région riche en domaines, avant que la récession économique ne renverse la fortune de beaucoup d'entre eux. Les affaires ne se sont jamais rétablies et de nombreux grands domaines ont tout simplement été abandonnés, trop coûteux à entretenir. Les fortunes se succédèrent, mais le plus souvent, elles quittèrent la ville pour ne plus jamais y revenir.

Grand-mère Vi, qui avait boudé sur la banquette arrière, rompit finalement le silence.

— Tu aurais dû le dire à Cen, Ruby. Tu l'as mise — et nous tous — en danger.

— Danger ? Maman, c'est vrai ?

Maman m'ignora et tourna la radio si fort que toute la voiture vibra à cause des basses en plein essor. C'était une chanson de hard rock avec une basse lourde et un chanteur hurlant. Je me couvris les oreilles, mais sa voix râpait et vibrait dans tous les os de mon corps. Depuis quand maman écoute-t-elle du heavy metal ?

Soudain, la radio devint silencieuse.

Je baissai les mains de mes oreilles, reconnaissante que la musique se soit arrêtée. Mon soulagement ne dura qu'une fraction de seconde. Puis des étincelles jaillirent du tableau de bord alors que la radio fuma, puis prit feu.

Et s'il se propageait ? Le réservoir d'essence exploserait-il ?

— La malédiction ! criai-je.

— Oh ! Mon Dieu, ça commence déjà.

— Ne sois pas ridicule, Cen. Maman retira une main du volant et tapa les flammes avec sa paume.

— Au lieu de vous lamenter, aide-moi plutôt à éteindre le feu.

Je repoussai sa main alors que la voiture passa au-dessus de la ligne médiane.

— Garde tes yeux sur la route.

J'ai cherché quelque chose pour étouffer les flammes, mais la seule chose à portée de main était mon sac à main. Je le frappais contre le tableau de bord dans une tentative futile d'éteindre le feu, mais les flammes se mirent à grossir et mon sac qui s'était mis à fondre, resta collé au bout de mes doigts.

J'arrachai ma main, mais c'était trop tard. Mes doigts étaient brûlés par les flammes et mon sac à main s'était liquéfié en une masse gluante. Le feu était réel, mais mon soi-disant sac en cuir véritable ne l'était pas.

Alors que les flammes crépitèrent et étincelèrent, grand-mère Vi marmonna un sort et éteignit le feu d'un geste de son bras fantomatique.

— Punaise, que c'était difficile ! Arrête tes conneries, Ruby. Plus de distractions et de drames.

— Dis donc. Entendre ça de ta bouche. Un fantôme qui ne s'occupe pas de ses propres affaires.

Maman se mordit la lèvre et lutta contre les larmes.

— Arrêtez de vous chamailler.

Je jetai un coup d'œil à mes genoux, où une grosse trace de brûlure fumait encore. Il était littéralement grillé. J'aurais dû utiliser la magie au lieu de sacrifier mon sac à main, mais le comportement inhabituel de maman m'avait effrayé. Tout comme grand-mère Vi, qui avait attisé ce feu.

— Tu as mis le feu à la voiture ! À propos du drame.

Maman toussait en faisant signe de s'éloigner de la fumée.

Grand-mère Vi s'éclaircit la gorge.

— Faire de la magie était si facile. Punaise que je manque d'exercice.

— Tu m'avais dit que les fantômes ne pouvaient pas faire de magie…

Grand-mère Vi avait toujours blâmé tante Pearl pour les hantises périodiques à notre auberge, affirmant qu'elle avait perdu ses pouvoirs de sorcière. La vérité semblait faire défaut dans ma famille.

— Je garde mes sortilèges pour les urgences les plus graves, comme la situation dans laquelle nous nous trouvons maintenant. C'était le seul moyen d'attirer ton attention.

Grand-mère Vi flotta vers le dossier du siège et plana entre maman et moi.

— Si Ruby ne te parle pas de la malédiction, alors je le ferai. Écoute attentivement, car ta vie en dépend.

— OK.

Maman et grand-mère Vi ne se sont jamais disputées, jamais. Maman avait en quelque sorte activé une ancienne malédiction dont je ne savais rien, et grand-mère Vi avait mis le feu à la voiture. J'étais confuse parce que tout était à l'opposé de la normale, et tante Pearl n'était même pas impliquée.

— Il était une fois deux royaumes.

— Ce n'est pas un conte de fées, lança maman.

— Très bien, Ruby ! Comme tu veux, dis grand-mère Vi.

— Il y a longtemps, quand j'étais toute petite, les Rocklins et les Wests furent chacun dotés de pouvoirs surnaturels. Des pouvoirs égaux. Ensemble, les deux familles protégèrent le vortex des personnages peu recommandables et le dissimulèrent aux non-initiés.

— Le vortex est la raison pour laquelle nous sommes des sorcières ?

Je me suis toujours demandé pourquoi nous possédions des pouvoirs surnaturels alors que les autres n'en possédaient pas. En grandissant, mes questions sont toujours restées sans réponse. À un moment donné, j'ai simplement arrêté de demander.

Grand-mère Vi hocha la tête.

— Nous avons accepté d'être les gardiens du vortex. En récompense, on nous a accordé le pouvoir de lancer de sortilèges.

Bien que je connaisse peu la source de nos talents de sorcellerie, j'en savais beaucoup plus sur le vortex. J'y étais même allée une fois. Le vortex de Westwick Corners était une version plus petite d'autres vortex terrestres, comme Sedona, en Arizona, et le vortex le plus célèbre de tous, Stonehenge. Notre vortex était moins connu, mais comme chacun des sept vortex d'énergie de la terre, c'était une source de pouvoir surnaturel pour quiconque se trouvait à proximité. Il accordait des pouvoirs spéciaux, allant même jusqu'à voyager à travers des portails vers d'autres époques et lieux.

Toute sorcière qui se respectait connaissait le vortex de Westwick Corners. Il redynamisait les pouvoirs déclinants d'une sorcière, un peu comme une fontaine de jouvence surnaturelle. C'était comme lancer des sorts sur des stéroïdes. Mais les vortex avaient aussi un côté négatif si vous n'étiez pas prudent. Leurs pouvoirs pouvaient être exploités pour le bien ou le mal, et un vortex entre de mauvaises mains pouvait causer des dommages incalculables. En tant que gardiens, notre travail consistait à protéger le vortex. En échange, on nous a accordé des pouvoirs magiques.

Les gens rejetaient généralement les vortex énergétiques comme des lieux historiques de rituels païens ou de folie métaphysique New Age. Notre vortex était relativement inconnu et avait peu de visiteurs, nous étions donc devenus complaisants avec le temps. Il y a plusieurs années, désespérés de touristes, nous avions attiré l'attention d'une sorcière malveillante. Tonya Plante avait presque pris le contrôle du vortex. Heureusement, nous avons fait échouer son projet d'en faire une station de vacances de luxe. Notre négligence et notre désespoir n'avaient pas encore activé de malédiction à l'époque. Pourquoi en serait-il autrement maintenant ?

— Dès ma naissance, mon devoir était de surveiller le vortex. Je n'avais pas le choix. Et maintenant, je suis victime d'une malédiction dont je ne sais rien ?

Je me suis penchée en arrière et j'ai croisé les bras.

On avait décidé de mon avenir sans mon intervention, ce qui était totalement inacceptable. Y avait-il une partie de mon destin qui n'était pas prédestinée ?

— Ce n'est pas grand-chose, Cen, dit maman en souriant.

— Ensemble, nous gardons ce petit vortex que personne ne visite jamais. En retour, nous obtenons des pouvoirs surnaturels avec lesquels nous pouvons faire ce que nous voulons. C'est un très bon arrangement.

— Eh bien, je démissionne, dis-je.

— Être une sorcière est plus un fardeau qu'un avantage.

— Tu n'as pas le droit de démissionner. C'est héréditaire, déclara maman avec une fausse joie dans sa voix.

— Personne de sain d'esprit ne cesse d'être une sorcière. De nombreuses femmes changeraient de place avec toi sans hésiter.

— Eh bien, elles peuvent avoir le poste. Personne ne peut me forcer à faire un travail que je n'ai jamais demandé.

— Si Cen, on peut. Nous avons fait un vœu collectif de toute la famille West, pour l'éternité. Maman accéléra à nouveau.

— Où sont ces Rocklins ? Comment ont-ils pu arrêter et pas nous ?

— Les Rocklins étaient, euh… réduits.

— Moi aussi je veux être réduite.

Maman soupira.

— Crois-moi, Cen, tu ne veux pas être réduite. Effacer les pouvoirs surnaturels est très désagréable et ne peut pas être défait. Le vortex est ton destin, un engagement à vie. Accepte-le avec joie.

Le seul engagement à vie que je voulais était avec Tyler, loin de ma famille folle.

Grand-mère Vi flotta au-dessus de l'épaule droite de maman.

— Dis-lui la vérité, Ruby. Parle-lui de la guerre et pourquoi nous avons pris le contrôle.

— Attends — quoi ? Les Wests ont combattu les Rocklins ?

Pendant tout ce temps, je croyais que nous étions les seules sorcières gardiennes à surveiller le vortex.

— Tu ne m'as toujours pas dit où les Rocklins étaient allés. Qu'est-ce que tu caches ?

— Ils ont été bannis dans un lieu top secret.

— Je n'ai aucune idée où, précisa grand-mère Vi.

— Ce que je sais, c'est qu'ils viennent pour nous maintenant. Les actions de ta mère nous ont mis en danger.

— Nous devons tous gagner notre vie, lança maman.

— Je ne te vois pas générer des sous.

La voix de grand-mère Vi se brisa.

— Laisse-moi tranquille, je suis morte ! J'ai travaillé toute ma vie pour te nourrir et te vêtir, et tout ce que je reçois c'est de l'ingratitude et…

J'intervins.

— Arrêtez de vous chamailler. Maman, pourquoi m'as-tu caché un fait aussi important et pertinent toute ma vie ? Maman, tante Pearl et même grand-mère Vi— j'étais en colère contre tout le monde. Elles m'avaient trompée pendant toutes ces années.

Maman me regarda d'un air embarrassé.

— J'essayais uniquement de te protéger. Pardon. Je ne te l'ai jamais dit parce que cette malédiction est de l'histoire ancienne. Tu sais, je n'étais qu'une enfant quand la bataille de Rocklin a eu lieu. Ta grand-mère était directement impliquée, alors c'est elle qui —

— Arrête de tout mettre sur mon dos, Ruby.

Maman soupira.

— Grand-mère peut te raconter l'histoire. Par contre, n'oublie pas qu'elle exagère.

Grand-mère Vi soupira.

— Si Ruby n'avait pas enfreint toutes les règles, il n'y aurait rien à raconter. Mais c'est ton droit de connaître la malédiction, car elle a un impact important sur ta vie.

— Impacter comment ? Sommes-nous en danger à cause des Rocklins ?

J'avalai la boule dans ma gorge alors que je me rendais compte que maman ne m'avait pas toujours tenu à l'écart du danger.

— Le simple fait de dire le nom Rocklin pourrait les rappeler et nous mettre en danger, Cen. Appelez-les simplement les sorcières noires à partir de maintenant, d'accord ?

— D'accord. Est-ce que cela fait de nous des sorcières blanches ? demandai-je.

Grand-mère Vi hocha la tête.

— En quelque sorte, bien que Pearl soit un peu dans une zone grise. Les sorcières deviennent gourmandes tout comme les gens ordinaires. Quand les sorcières noires ont essayé de prendre le contrôle du vortex avec de la magie noire, nous avons dû agir. C'est pourquoi deux familles de sorcières ont été assignées pour protéger conjointement le vortex : les West et ces sorcières noires. Nous étions censés rester honnêtes l'un envers l'autre. Cela avait fonctionné pendant un certain temps, mais notre trêve s'est effondrée et les choses sont devenues assez horribles.

Maman regarda la route droit devant elle, le visage pétrifié et muette comme un poisson. Grand-mère Vi hocha la tête.

— Nous, les sorcières blanches, avons triomphé à la fin. Nous avons à peine gagné avec l'aide de nombreuses sorcières blanches. Le monde entier des sorcières était déstabilisé jusqu'à ce que nous finissions par conclure un pacte. Les Rock—je veux dire, les sorcières noires — conservaient leurs pouvoirs surnaturels, mais seulement s'ils quittaient immédiatement Westwick Corners et le vortex. Ils ont tenu leur promesse et sont partis la nuit même. C'était il y a plus de cinquante ans.

— Les sorcières noires doivent partir et peuvent garder leurs pouvoirs de sorcières, mais nous ne pouvons pas ? Il y a quelque chose qui cloche.

Je me demandais quelle était notre promesse. Silence.

— Il y a si longtemps, dit maman avec une fausse note de gaieté.

— À ce jour, ils ne sont jamais revenus.

— C'est parce que nous ne les avons pas contrariés en mettant en location leur maison, Ruby.

Maman haussa les épaules.

— Ils ont été bannis. À quoi leur sert la maison ? Ils auraient simplement dû vendre l'endroit. Grand-mère Vi brillait d'un rouge translucide de colère.

— Cette maison leur appartient pour toujours, pas à toi. Une partie du pacte leur permettait de jeter une malédiction sur notre famille, si jamais nous mettions les pieds sur leur propriété ou essayions de nous emparer du pouvoir absolu. C'est pourquoi leur maison est toujours abandonnée, mais disponible pour leur éventuel retour. Si nous rompons le pacte, ils reviendront. Alors nous serons les bannis.

L'amour de ma vie, mes affaires et mon âme même étaient fermement ancrés dans Westwick Corners. L'idée de quitter Tyler, le journal et la seule maison que je n'avais jamais connue me terrifiait. Je repoussai cette pensée de mon esprit. Je devais arrêter le désastre que maman venait de nous infliger.

Maman détourna son regard de la route vers moi.

— Le manoir Rocklin a tellement de potentiel. C'est difficile bien sûr, mais rien qu'un peu d'huile de coude…

— Ruby ! Garde les yeux sur la route.

Grand-mère Vi hurla alors que nous dérivions sur la ligne

médiane et sur le chemin d'une semi-remorque qui descendait en notre direction.

Le camion klaxonna et braqua brusquement le volant pour nous éviter.

Je m'agrippai à la porte et me préparai à l'impact.

Maman jura en silence en ramenant la voiture dans sa file et en levant le pied de l 'accélérateur.

Collision évitée, je me retournai pour voir grand-mère Vi sur la banquette arrière.

L'aura de grand-mère Vi s'était assombrie à un violet profond. Elle cherchait son souffle et était clairement en colère.

— Notre famille se dirige vers un désastre. Et tant que tu n'as pas d'enfants, eh bien... la famille West dépend de toi, Cen. Nous ne pouvons pas laisser la famille West s'éteindre.

Pourquoi mon frère, Alan, n'a-t-il jamais été soumis à ces obligations ? Il semblait toujours y échapper. Il menait une vie insouciante à Londres, en Angleterre. Certes, il ne vivait pas en couple et ne voulait pas d'enfants. En tant qu'homme, il n'avait pas les pouvoirs sorciers des membres féminins des West. Pourtant, il a toujours un laissez-passer sur à peu près tout.

Aïe aïe aïe ! Il fallait absolument que j'arrête de m'apitoyer sur mon sort.

Parfois, être une sorcière était une malédiction en soi. Les avantages de la sorcellerie étaient bien connus, mais peu fréquents. Personne ne parlait des restrictions quotidiennes que nous devions suivre.

— Y a-t-il d'autres façons de nous ... euh ... décimer ? Pourraient-ils nous tuer ?

— Pas directement, dit grand-mère Vi.

— Mais la réactivation de la malédiction entraîne le même destin fatal pour chacun d'entre nous. Pour la dernière fois, Ruby, fais demi-tour. Un pas dans ce manoir Rocklin et nous signerons notre arrêt de mort.

— Certainement pas, dit maman.

— Beaucoup de choses positives ont découlé du combat. C'est la raison pour laquelle l'association WICCA a été créée. Avant cela, c'était comme le Far West, sans aucune règle de sorcellerie, sans constitution ni loi pour nous diriger.

— Rompre notre promesse déchaîne la malédiction, Ruby. Les sorcières noires peuvent et vont revenir avec une vengeance. Elles vont tous nous détruire, y compris toi, Cen.

— Mais je n'étais même pas née quand c'est arrivé.

Grand-mère Vi me congédia d'un geste de la main.

— Nous sommes tous impactés par les choix faits par les générations qui nous ont précédés, Cen. C'est injuste, mais ils vont nous monter les uns contre les autres, un par un. Cela se produira si progressivement que nous ne saurons même pas que cela se produit. Jusqu'à ce qu'il soit trop tard.

Un sentiment d'effroi m'enveloppa.

— Comme maintenant, que toi et maman vous vous chamaillez ? Peut-être que la malédiction est déjà en train de s'abattre sur nous. Tout ce que maman faisait était tellement atypique.

— Oui, Cen. Essaie de raisonner et de convaincre ta maman. Il n'est pas trop tard pour prononcer un sort d'inversion, mais nous devons être réunis pour le faire. Même ta tante Pearl.

Grand-mère Vi flotta sur la banquette arrière, clairement désemparée.

— Maman, peut-être que grand-mère a raison. Faisons ce sort d'inversion.

Je me retournai pour regarder grand-mère Vi sur la banquette arrière, mais son aura s'était déjà évanouie dans le néant. Tout ce conflit était trop lourd à supporter.

Silence.

Il n'y avait aucune chance que cela se produise. Nous allions au manoir Rocklin, et c'était un chemin de non-retour.

* * *

MAMAN ARRÊTA la voiture devant un grand portail à deux vantaux en fer forgé noir qui bloquait l'entrée de l'allée du manoir Rocklin. Au milieu de chaque vantail se trouvait la lettre « R », l'initial orné et écrit en italique. Pour la famille au nom imprononçable, supposai-je. Elle se tourna vers moi.

— Et bien qu'est-ce que tu en penses ?

Malédiction ou pas malédiction, l'endroit me donnait la chair de poule. Je ne voulais pas me disputer.

— Oui, oui, ça a l'air très élégant, dis-je tout simplement.

Bien que je sois passée plusieurs fois devant le manoir, je n'avais jamais jeté un coup d'œil au-delà de la clôture de fer de trois mètres, à peine visible sous les ronces de mûres et le lierre anglais qui l'étouffaient comme une poignée de mort. Maintenant, les mauvaises herbes avaient disparu et la clôture était fraîchement repeinte en noir. Deux caméras de sécurité étaient placées en haut de la clôture et enregistraient tous ceux qui passaient devant ou à proximité du portail.

De chaque côté du portail se trouvait une paire de cèdres en pyramide de deux mètres de haut et des pots avec des pensées hivernales en pleine floraison. La sorcellerie de maman fut manifestement à l'œuvre ici, même si elle avait oublié de faire fondre le gel sur l'asphalte qui avait l'air neuf. Mais nous étions en février, et l'allée glacée conférait un air d'authenticité à cet endroit.

Quels que soient les secrets cachés derrière le portail verrouillé, il faudrait attendre encore un peu, puisque maman avait apparemment oublié sa clé. Elle jura en abaissant la vitre du conducteur et chuchota un sort.

Alors que nous franchissions le portail et remontions l'allée, ma poitrine se resserra. Une partie de moi voulait sauter de la voiture et s'en aller. Mais je voulais aussi voir le mystérieux manoir Rocklin de près. Si notre malédiction familiale était réelle, alors elle avait probablement déjà été activée lors de la première visite de maman au manoir Rocklin. Trop tard pour faire marche arrière. J'avais toujours un faible espoir que grand-mère Vi eut inventé son histoire pour arrêter la dernière entreprise commerciale de maman. Par contre, pourquoi le ferait-elle ? La malédiction ne pouvait pas toucher directement grand-mère Vi, puisqu'elle était déjà un fantôme.

Ou le pourrait-elle ?

Comme c'est étrange que grand-mère Vi soit venue en voiture avec nous. Je ne me rappelai que d'une seule fois où elle avait quitté la maison depuis qu'elle était devenue fantôme, et c'était parce que nos vies étaient en danger. Ce qui était à nouveau le cas, si ses affirmations étaient vraies. Je frissonnai à cette pensée. J'avais tellement de questions, mais les exprimer ne ferait que provoquer une dispute, alors je suis restée silencieuse pendant que nous remontions la longue allée.

Après un virage, je vis le sommet d'un toit à pente raide. À en juger par la hauteur, le manoir était d'au moins trois étages.

J'imaginais pièce après pièce soudainement abandonnée par ses anciens occupants, pour ne jamais revenir. Des années de négligence ont ajouté des toiles d'araignée et de la poussière, et des meubles poussiéreux et décolorés. Les sorts de maman transformeraient l'endroit en quelque chose de louable, c'est sûr. Si la malédiction n'était pas si grave, alors pourquoi maman avait-elle été si secrète ? Tante Pearl et grand-mère Vi avaient toutes les deux peur. Cela m'inquiétait, car elles étaient rarement d'accord sur quoi que ce soit.

L'allée se recourba encore une fois et soudain le manoir apparut à pleine vue. La grande maison de trois étages était imposante et somptueuse avec son architecture classique. La façade en briques sablées était accentuée de grandes colonnes blanches le long d'une véranda qui couvrait toute la largeur de la maison. De grandes fenêtres à battants se tenaient de chaque côté d'un ensemble de grandes portes à double entrée. L'entrée était flanquée d'une paire de conifères en pot taillés en spirale qui ajoutaient à la symétrie formelle.

Même les jardins semblaient spectaculaires malgré le temps hivernal. Les arbustes qui bordaient l'allée circulaire avaient été taillés en ours topiaires, aigles et autres créatures. L'aménagement paysager ajoutait une touche de fantaisie pour contrer l'architecture formelle, et tout était recouvert d'un léger saupoudrage de neige. L'endroit avait l'ambiance d'un domaine glamour, mais branché, avec un peu de mystiques. L'ancien manoir fut entièrement restauré et trouverait bien ça place dans les pages du magazine *Homes & Gardens*.

Nul doute que les rénovations et la mise à jour étaient le résultat de la magie de maman et non d'entrepreneurs rapides. Contrairement à l'utilisation frivole et parfois vindicative de la sorcellerie par tante Pearl, les sortilèges de maman avaient toujours un résultat pratique — et souvent beau. Je me souvenais de quelques années très maigres en grandissant, et notre survie dépendait toujours de la magie pratique de maman.

— N'est-ce pas magnifique, Cen ? C'est le nôtre. Maman laissa échapper un soupir satisfait alors qu'elle se garait dans l'allée circulaire derrière un SUV Mercedes blanc.

— Que tu veux dire par c'est le nôtre ? Tu m'as dit que tu l'as mis en location pour une semaine.

Non, tu as mal compris. Je disais qu'on avait des hôtes pour une semaine. J'ai acheté l'endroit pour une bouchée de pain. Promets-moi juste que tu ne le diras pas à Pearl, parce qu'elle est déjà assez en colère contre moi.

— Tu l'as acheté aux Rocklin ? Un acheteur et un vendeur consentants signifiaient sûrement qu'il n'y avait pas de malédiction.

— Euh… c'est tout à fait légal. J'ai le titre de propriété.

— Mais maman, qu'en est-il de la malédiction Rocklin ? Tu l'as acheté sans consulter aucune d'entre nous.

— Cent pour cent mon argent, Cen. Je ne vois pas pourquoi je dois demander la permission à qui que ce soit.

— La malédiction est le pourquoi, maman. C'est une question qui nous concerne tous.

Maman rit nerveusement.

— Tu ne crois pas toutes ces bêtises, n'est-ce pas ?

— Malédiction ou pas malédiction, comment allons-nous tout gérer ? C'est encore plus grand que l'auberge et c'est à des kilomètres de là, de l'autre côté de la ville.

Il n'y avait aucun moyen que je puisse ajouter à mes fonctions. Mes journées étaient déjà bien remplies. Maman se tourna vers moi.

— On en parlera plus tard. Pour le moment, tu vas rencontrer nos hôtes très spéciaux, qui sont arrivés tard hier soir. Tu seras enchantée. Ce sont des personnes célèbres qui ont un grand besoin d'intimité, alors promets-moi de garder leur séjour secret.

— Qui sont-ils ?

Pourquoi quelqu'un — et encore moins de riches célébrités — choisirait-il Westwick Corners pour des vacances en plein hiver ? Peut-être que j'en tirerais au moins un article de presse.

— Tu le verras bien assez tôt. Suis-moi. Elle ouvrit la portière et sortit de la voiture.

Je portai le panier à muffins et suivis maman à travers l'allée jusqu'à la porte d'entrée. Alors que nous atteignions les marches avant, la porte d'entrée s'ouvrit.

Je n'arrivais pas à croire ce que je voyais.

CHAPITRE 4

Maman m'attrapa par le bras et me chuchota avec enthousiasme :

— Nos hôtes sont Steve et Serena McCoy, le couple le plus connu d'Hollywood !

Je restai bouche bée et haletai. *L'émission de télé-réalité Real McCoys* était numéro un dans les cotes d'écoute. Bien que je n'aie pas regardé l'émission moi-même, j'ai immédiatement reconnu le couple. Leurs visages étaient partout : dans les publicités, les tabloïds et sur les réseaux sociaux. Il était pratiquement impossible de *ne pas* les voir.

Après avoir retrouvé mon calme, je demandai pourquoi ils avaient choisi Westwick Corners en plein hiver ? Nous ne sommes pas exactement la Riviera, et le manoir Rocklin n'est pas non plus le Waldorf Astoria.

— Ils voulaient quelque chose de différent, Cen. Solitude et intimité.

Cela avait du sens — en quelque sorte. Steve McCoy était avocat, spécialisé en matière d'accidents, et gagnait des sommes colossales en remportant des procès pour faute professionnelle à hauteur de plusieurs millions de dollars. Serena gagnait encore davantage grâce à ses marques de cosmétiques, de parfums et de mode. Ce succès était devenu exponentiel avec son émission de télé-réalité à succès.

Ils s'affrontaient fréquemment alors qu'ils vivaient pleinement leur vie. Les McCoys étaient des personnages « réels » qui auraient pu sortir en direct du film américano-japonais « Crazy Amy » dont le grand public ne pouvait pas se passer. Leur relation était plus près de la guerre que de la paix, et tous les aspects de leur vie avaient été monétisés. Je soupçonnais que leur véritable objectif était de filmer un spectacle sur le thème de la Saint-Valentin.

Peu de jours dans l'année provoquaient des montagnes russes aussi romantiques que la Saint-Valentin. Un couple de télé-réalité avec une relation orageuse était la prescription parfaite pour tous ceux qui voulaient échapper à leurs propres ennuis. J'imaginais comment ça se passerait. Serena s'attendrait à un cadeau élaboré, et Steve échouerait à le livrer. Maman tira fort sur mon bras.

— Cen ! Reprends-toi.

— Aïe ! Alors que je me tordais pour échapper à son emprise, mon épaule craqua. La douleur me fit revenir à la réalité.

— Tout va bien ? Contre la porte en chêne finement sculptée, une femme d'une beauté à couper le souffle aux cheveux blancs-blond, coiffée en queue de cheval était appuyée. Serena McCoy portait un pull angora à longueur de hanches sur un jean délavé et des pantoufles blanches moelleuses. Malgré sa robe décontractée, elle avait une aura, une présence puissante de quelque chose que je ne pouvais pas tout à fait quantifier. Pour la toute première fois, j'expérimentai la « Star-Power » en direct. Ce fut tout aussi magique que la sorcellerie.

Je regagnai mon calme et hochai la tête, toujours muette.

— Ruby, je suis tellement contente que nous vous ayons trouvée. Nous adorons cet endroit ! Serena McCoy joignit ses paumes et sourit. Elle recula et plaça une main sur la porte sculptée, traçant ses doigts sur le motif complexe de roses et de feuilles entrelacées.

— C'est un endroit très spécial.

Maman rayonna.

— Vous êtes nos tout premiers hôtes. Oh, puis-je vous présenter ma fille, Cendrine. J'espère que ça ne vous dérange pas que je l'amène avec moi. Elle travaille dans l'entreprise familiale.

J'ouvris la bouche, mais j'étais encore trop sous l'emprise des étoiles pour parler. Hollywood était célèbre pour ses belles personnes, mais cette beauté provenait d'une multitude de styliciens, de maquilleurs et de consultants en garde-robe, travaillant leur magie dans les coulisses. Des photographies à l'aérographe, un éclairage optimal et une cinématographie créative dissimulaient le fait que, dans la vraie vie, les stars de cinéma étaient souvent plus simples, plus petites et plus grosses.

Serena était une exception notable. Elle était encore plus belle et époustouflante dans la vraie vie, malgré toute trace évidente de maquillage. Ses yeux vert émeraude intense contrastaient avec son teint bronzé et éclatant.

— Il n'y a rien de mieux que de travailler avec sa famille, et rien de pire, non plus. Serena éclata de rire, exposant un sourire blanc brillant. Elle s'écarta et nous fit signe d'entrer.

— Mesdames, s'il vous plaît, sortez du froid.

Nous entrâmes dans un hall spacieux avec un sol en marbre. Un large escalier en chêne se trouvait à gauche du foyer, sculpté avec le même motif entrelacé de roses et de feuilles qui ornait la porte d'entrée. Que ce soit de l'Art Déco ou de l'Art Nouveau, je n'en étais pas sûre, mais j'ai tout de suite reconnu le style de maman. L'escalier menait à un long couloir ouvert qui surplombait l'entrée.

Le côté opposé du foyer s'ouvrait sur un grand salon avec une immense cheminée en pierre. Le manteau de la cheminée était également sculpté avec le même motif de rose et de feuille. Par une sorcellerie généreuse, le manoir abandonné avait été restauré mieux qu'à neuf, des sols en marbre brillants aux lustres en cristal étincelants. Il n'y avait pas de toiles d'araignées ni de moutons de poussière. Étrange pour une maison qui est restée vacante pendant des décennies.

C'est si agréable de se détendre enfin après huit longs mois de tournage. Serena sourit en fermant la porte derrière nous. Non pas que je me plaigne. Il y a sept ans, j'étais serveuse à Nate's House of Pancakes. L'ascension de Serena vers la célébrité était une histoire de chiffons à la richesse. Son refus d'un pourboire de dix mille dollars de la part d'un client était devenu viral, et le reste était de l'histoire ancienne. Ce jour-là, son emploi en tant que serveuse de petit-déjeuner dans un resto routier sur l'autoroute se termina et fut remplacé par des contrats de mannequin, des offres cosmétiques et des petits rôles de sitcom. Peu de temps après, elle rencontra Steve et le reste fut la légende de la télé-réalité.

— Vous êtes une telle inspiration, s'exclama maman.

— J'adore votre émission.

Serena désigna tout ce qui nous entourait d'un grand geste.

— Et moi, j'adore tous vos arrangements spéciaux, Ruby. Qui est votre décorateur d'intérieur ?

Maman rayonna.

— Je m'en suis chargée moi-même. Vous verrez que c'est la maison parfaite pour vous. Elle est calme et isolée afin que vous puissiez avoir toute l'intimité dont vous avez besoin. Il a toutes les fonctionnalités que vous avez demandées, même la piscine extérieure.

Serena remarqua mon froncement de sourcils et dit :

— Vous devez penser que nous sommes fous de vouloir une piscine en plein air en février, mais Steve a insisté. Il doit faire ses brasses et il dit que c'est revigorant de le faire en plein air en hiver.

Je n'étais pas tout à fait de son avis, parce que même les piscines intérieures chauffées étaient trop froides pour moi. Une piscine en plein air en février me causerait une crise cardiaque. Maman me poussa en avant.

— Ai-je mentionné que Cen est une journaliste locale ? Il se trouve qu'elle écrit un article sur votre émission et je me suis dit —

Serena se tourna vers moi et fit clignoter ses dents blanches parfaites.

— En fait, j'ai peut-être une histoire à raconter. Peut-être que vous serez la première à le savoir.

J'ouvris la bouche pour répliquer, mais je me taisais. Au lieu de cela, je tendis le panier à Serena. Maman et moi avions besoin de parler, mais pas devant les hôtes.

Serena prit le panier et renifla.

— Est-ce que je sens des muffins à la banane ?

Maman rayonna et hocha la tête.

— Fraîchement sortis du four.

Serena souleva le tissu qui recouvrait le panier et choisit un muffin. Elle prit une bouchée.

— Mmmm… délicieux.

— Je vous en apporterai d'autres demain, dit maman.

— À moins que vous n'ayez une objection ?

— J'adorerais ça, dit Serena.

— Le showbiz est excitant avec tout ce qui va avec, mais nous avons vraiment besoin d'un peu de repos. C'est pourquoi nous avons réservé un séjour d'une semaine. Autant vous révéler mon secret maintenant. Serena jeta un coup d'œil derrière elle pour s'assurer que personne n'était à portée de voix. Elle se pencha plus près et murmura secrètement.

— Steve et moi voulons vraiment que cette Saint-Valentin soit très spéciale. Nous avons décidé de renouveler nos vœux ici.

Maman fit un geste ému.

— Ooh… c'est tellement romantique ! Vous aurez besoin de fleurs, de champagne et d'un gâteau. Je m'occuperai de tout. Vous avez besoin d'un traiteur aussi ?

Serena secoua la tête.

— Un traiteur ne sera pas nécessaire. C'est juste une petite cérémonie décontractée. Mais des fleurs, ce serait bien.

— C'est comme si c'était fait, dit maman.

Le manoir Rocklin semblait plus adapté à un mariage de gala qu'à une cérémonie privée de renouvellement de vœux. Même la magie de maman ne pouvait rendre le manoir caverneux, chaleureux, encore moins intime. D'un autre côté, la maison était beaucoup plus petite que celle de la télé-réalité de Serena, donc elle était probablement chaleureuse en comparaison. Je devais admettre qu'elle était très jolie.

La cérémonie de renouvellement des vœux était presque certainement un épisode de télé-réalité. Mais, comment ça ? Ce couple vivait sa relation entièrement à l'écran, avec des accrochages fréquents et des conflits constants. J'espérais juste que maman avait obtenu un dépôt de garantie parce que rien n'était interdit sur *The Real McCoys*. Que ce soit juste un épisode ou la vraie vie, c'était un scoop digne d'un article.

— Oh, une chose encore.

Serena se tourna vers moi.

— J'ai besoin d'un photographe. J'ai une proposition. J'accorderai à votre journal les droits exclusifs sur l'article en échange de quelques photographies. Votre photographe peut faire un double travail.

— Je n'ai pas de photo—.

Maman me coupa la parole.

— Le photographe de Cen est très talentueux. Il a remporté plusieurs prix régionaux pour son travail.

— Fantastique.

Serena agita la main.

— Quant aux fleurs, quelques vases pour le salon seraient bien, ainsi qu'un bouquet pour moi.

Maman fit une coche imaginaire avec son index.

— Je reviendrai bientôt avec quelques idées de fleurs parmi lesquelles vous pourrez choisir.

Serena ouvrit largement ses yeux.

— Vous êtes tellement efficace ! Je suis tellement contente de vous avoir trouvé vous et cet endroit charmant.

Des pas résonnèrent dans le couloir, ajoutant à mon sentiment croissant de panique.

— Chérie, as-tu vu mes lunettes de lecture ? Steve McCoy émergeait du couloir.

Malgré le froid de février, il portait un t-shirt à manches courtes, un short de surf et des tongs. Il était nettement plus âgé que Serena, un homme trapu, mais en forme avec des cheveux gris très courts. Il s'arrêta brusquement quand il nous vit.

— Désolé, je ne savais pas que nous avions des invités.

— Ce sont les propriétaires de cet endroit, Steve. Ruby West et sa fille, Cendrine. Je pense que tes lunettes sont sur le comptoir de la cuisine.

Après s'être serré la main, Steve passa son bras autour de la taille de Serena et la serra contre lui. Leur affection réciproque semblait réelle, un contraste saisissant avec leur hostilité belliqueuse à l'écran. Mais le bonheur ne gagnait pas l'audimat, et les émissions de télé-réalité se nourrissaient de conflits et d'exagérations.

Serena tendit son muffin.

— Goûte ce muffin de Ruby, Steve.

Steve prit un morceau de muffin et se tourna vers maman.

— Ils sentent très bon. Serena vous a parlé de nos plans pour renouveler nos vœux ?

Maman sourit.

— Nous en ferons une journée inoubliable. Oh… Serena, si vous avez besoin d'une robe, il y a une petite boutique bien mignonne en ville : Bunny's Key to Fashion.

Où j'ai acheté ma robe pour la Saint-Valentin. La robe que je ne pouvais pas zipper.

Le dernier épisode de la saison de la télé-réalité s'était terminé dans un cliff-hanger, avec Steve et Serena se dirigeant vers le tribunal pour divorcer, l'exact opposé du couple aimant qui se tenait devant nous maintenant. Les vœux étaient sûrement une autre tournure artificielle de l'intrigue. Simuler une séparation était aussi bon pour l'audimat qu'une réconciliation. Il promettait également un éditorial attirant.

Serena s'appuya contre Steve.

— J'aime cet endroit. On pourra peut-être prolonger notre séjour.

Steve finit son morceau de muffin et choisit un autre muffin dans le panier. Il prit une petite bouchée et la dégusta.

— Délicieux. Puis-je obtenir la recette, ou est-ce un secret de famille ?

— Vous faites de la pâtisserie ? J'avais enfin retrouvé ma voix.

— De temps en temps, lorsque je trouve le temps. Nous n'avons pas beaucoup de temps libre lorsque nous filmons. Ce qui est probablement une bonne chose, sinon j'aurais vingt kilos de plus sur la balance, comme c'était le cas avant l'émission. N'est-ce pas, chérie ?

Serena se mit à rire.

— En plus du régime accéléré de Steve, il a ce programme d'entraînement strict. Chaque jour, il fait cinquante allers-retours dans une piscine extérieure glacée.

Steve rougit.

— J'ai 2 heures de retard aujourd'hui. Je suis généralement dans la piscine à 8 heures du matin. Cet endroit est si relaxant que j'ai du mal à me motiver.

Maman rayonna.

— Nous ne vous retenons pas plus longtemps. Je reviendrai en un rien de temps avec quelques suggestions de fleurs. En attendant, si vous avez besoin de quelque chose, n'hésitez pas à m'appeler.

Nous venions à peine de nous retourner qu'une voix masculine forte s'éleva d'en haut. Fermez cette fichue porte. Il fait un froid de canard ici.

Jason, le fils de Steve, de son premier mariage, nous regarda d'un air méchant depuis le palier du deuxième étage. Le récent renvoi de Jason de l'émission de télé-réalité a été expliqué dans un épisode spécial d'intervention comme étant dû au trafic de drogue et à la dépendance. Je ne savais pas si le rôle de Jason en tant que dealer toxicomane dans *The Real McCoys* était réel ou fictif. Dans la vraie vie, il semblait tout aussi complaisant et grossier. Le visage de Steve s'assombrit alors qu'il parlait doucement.

— Ignorez l'impolitesse de Jason. Il s'est fait virer de sa cure de désintox… encore une fois. Il ne sait pas où aller et il est malheureux.

— Le renouvellement des vœux est une surprise, chuchota Serena. Nous ne le dirons pas à Jason avant. Nous craignons qu'il vienne tout saboter.

— Pas un mot ne franchira nos lèvres. J'étais gênée de me retrouver mêlé à ce drame familial.

Jason descendit les escaliers, s'arrêtant à quelques pas du bas.

— Qui sont ces gens ? Tu as dit que nous ne pouvions pas recevoir d'invités.

Maman et moi échangeâmes des regards. C'était bizarre qu'on parle de nous comme si nous n'étions même pas là. Serena répondit à notre place.

— Ce sont nos invités, Ruby West et sa fille Cendrine. Cet endroit leur appartient.

Jason jeta un coup d'œil rapide à maman, puis se tourna vers moi. Ses yeux remontèrent lentement le long de mon corps, s'arrêtant un peu trop longtemps juste sous mon décolleté.

— Pourrait avoir besoin d'un peu de réfection.

Voulait-il dire moi, ou le manoir Rocklin ? Quoi qu'il en soit, c'était incroyablement insultant. J'ai lutté contre l'envie de répondre avec un commentaire que je regretterais plus tard.

— Y a-t-il des bars dans cette ville ?

Les yeux de Jason restèrent sur moi alors qu'il attrapait un muffin du panier dans la main de Serena. Il avala le muffin en deux bouchées et laissa tomber l'emballage dans le panier avant de s'essuyer les mains sur son jean.

— Le seul endroit ouvert est The Witching Post, juste de l'autre côté de la ville.

Je ne voulais plus de commentaires condescendants, alors j'omis le fait que nous possédions le bar. Le bar rustique décevrait sûrement les exigences élevées de Jason, mais c'était peut-être une bonne chose. Une visite et il ne reviendrait plus.

— Witching Post ? C'est le nom le plus stupide que j'ai jamais entendu.

Jason se fraya un chemin entre maman et moi, me frappant l'épaule et me déséquilibrant.

— Aïe ! Je trébuchai quelques mètres avant que mon épaule ne heurte le mur.

J'ai retrouvai rapidement l'équilibre, mais mon épaule m'a fit mal à cause de l'impact.

Jason ne l'avait pas remarqué ou ne s'en souciait pas. Il ouvrit la porte d'entrée avec une telle force qu'elle frappa le mur d'un bruit sourd.

Il ne prit pas la peine de la fermer derrière lui.

Nous restâmes tous en silence, regardant Jason descendre les marches avant et traverser l'allée en direction d'une nouvelle Porsche rouge avec une aile avant bosselée. Il s'arrêta près de la porte du chauffeur et nous regarda avec défiance.

Comme s'il défiait quelqu'un de l'arrêter.

— Et voilà, ça recommence. Steve soupira.

Jason ouvrit la porte du chauffeur et sauta à l'intérieur. Il tourna le contact et démarra le moteur. De la musique forte boomait du système stéréo de la voiture à travers la porte du conducteur qui était toujours ouverte.

Steve se dirigea vers la porte d'entrée ouverte et cria à travers la musique basse forte.

— Où vas-tu, Jason ?

— Je dois m'occuper de certaines affaires. Jason fit tourner le moteur.

Steve cria après Jason.

— Tu avais tellement bien réussi, Jason. Ne gâche pas tout.

Jason fit à nouveau tourner le moteur de la Porsche avant d'enclencher la marche arrière et de reculer. Il conduisit la voiture autour de l'allée circulaire et s'arrêta devant. Il baissa sa vitre et cria dans le bruit du moteur qui tournait au ralenti.

— C'est ma vie. Je ferai ce que je veux.

Il tourna la chaîne stéréo encore plus fort. La musique heavy metal explosa depuis les haut-parleurs de la voiture.

Les pneus de la Porsche crissèrent lorsqu'il appuya sur le champignon et il s'éloigna rapidement dans l'allée.

L'attitude de Jason montrait clairement que le drame télévisé des McCoy n'était pas totalement faux. Ils ne pouvaient pas échapper à leur drame familial réel, même en vacances. Ils ont probablement choisi notre ville isolée pour que personne ne voie leur famille catastrophique de près. Maman brisa le silence.

— Ne vous inquiétez pas, on ne dira rien. Nous ne compromettrons jamais votre vie privée.

Steve laissa échapper un rire nerveux.

— Nous avions renoncé à notre intimité dès qu'on avait commencé avec cette histoire de télé-réalité. Notre famille est un livre ouvert. Mais bon... des trucs comme ça, c'est un peu embarrassant parfois.

Serena hocha la tête.

— Parfois, je me demande si le spectacle est la cause des problèmes de Jason. C'était son cinquième séjour en cure de désintoxication. Grandir célèbre est difficile. Les médicaments sont un mécanisme d'adaptation. Nous faisons tout ce que nous pouvons pour l'aider, mais il doit d'abord s'aider lui-même.

— Jason est un enfant gâté, dit Steve.

— Pourtant, il est tellement autodestructeur.

Soudain, je me sentis coupable.

— Désolé d'avoir mentionné le bar. Au moins, il n'y a pas de drogue en ville.

Serena soupira.

— La drogue est partout, même dans cette petite ville. Jason la trouvera, c'est sûr. C'est la seule chose que j'ai apprise au cours des sept dernières années. Au moins, nous n'avons pas fini par lui acheter la Porsche la plus chère qu'il voulait. Il a écrasé celle-ci en une semaine et s'attend à ce que nous payions pour la réparer. Il a un problème de drogue incontrôlable et ne se présente pas pour le tournage la moitié du temps, alors nous avons été obligés de l'exclure de la série.

Maman soupira.

— Tous ces séjours en cure de désintoxication n'ont pas fonctionné ?

Serena secoua la tête.

— Ils travaillent pendant un certain temps, mais il rechute toujours. Maintenant, il refuse tout simplement d'y aller. Nous ne pouvons pas l'aider à moins qu'il ne veuille aller mieux. Nous ne savons pas quoi faire.

Si Serena et Steve voulaient vraiment aider Jason à se remettre de sa dépendance, diffuser ses luttes à la télévision semblait être la mauvaise façon de s'y prendre. Diffuser des luttes familiales à la télé était bon pour l'audimat, mais en même temps, ça trahissait la confiance. Je me sentis un peu désolée pour Jason.

Serena était la belle-mère de Jason, mais elle avait à peine dix ans de plus que lui. La rumeur disait que Jason en voulait à Steve d'avoir épousé Serena moins d'un an après la mort accidentelle de sa mère il y a huit ans. Maman s'éclaircit la gorge.

— Il y a beaucoup à faire, alors nous ferions mieux d'y aller, Cen, dit-elle d'une voix artificiellement joyeuse.

— Pourquoi les gens renouvellent-ils leurs vœux, maman ? demandai-je une fois de retour dans la voiture.

— Quel est l'intérêt ?

Maman tourna la clé du contact et démarra la voiture.

— Ils réaffirment leur engagement l'un envers l'autre. Parfois, cela se fait après une mauvaise expérience, ou peut-être pour célébrer un cap, comme un anniversaire des 10 ans. Peut-être qu'ils n'ont jamais eu de cérémonie véritable ? Tu te rappelles l'épisode trois ? Steve et Serena étaient trop occupés à filmer la série pour avoir un vrai mariage, alors ils ont juste eu cette petite cérémonie sur les marches de l'hôtel de ville.

Je rigolai de bon cœur.

— Tu en sais beaucoup trop sur ces gens. Tu es obsédée par eux.

Maman haussa les épaules et mit la voiture en marche.

— Je crois aux fins heureuses, Cen. Je ne crois pas qu'il y ait une malédiction Rocklin. Ignore tout ce que Pearl et grand-mère disent, car nous avons un avenir très prometteur devant nous.

— Plus comme pas d'avenir, rouspéta grand-mère Vi de la banquette arrière.

— En parlant d'avenir, où puis-je trouver un photographe ? demandai-je.

— Tante Pearl vient d'avoir un nouvel appareil photo, déclara maman.

— Elle serait absolument parfaite !

Elle serait une catastrophe ambulante parfaite. Ce qui, d'une certaine manière, *était* un événement parfait pour le Real McCoy.

CHAPITRE 5

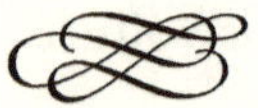

Je traçai mon doigt sur le bouton de volume cramé de la stéréo de la voiture et me demandai si les McCoy nous avaient apporté une bonne ou une mauvaise fortune. Maman regarda droit devant elle, les deux mains saisissant le volant alors que nous retournions en ville. Grand-mère Vi soupira. Son sort avait éteint le feu, mais la radio ne fonctionnait plus. Le silence était inconfortable. J'ai envisagé de faire un sort de réparation radio comme une faveur à maman, mais cela ne ferait que déclencher un autre argument.

Au lieu de cela, je me suis concentrée sur l'article de fond de Real McCoys. Toute histoire sur les renouvellements de vœux devrait commencer par l'épanouissement de la romance de conte de fées de Steve et Serena. La façon dont mon histoire se déroulerait dépendait de deux scénarios possibles : soit la cérémonie de renouvellement des vœux était réelle, soit c'était juste une histoire inventée pour l'émission de télé-réalité *The Real McCoys*. Je ne saurais pas quel scénario était le bon avant la cérémonie, mais de toute façon, cela n'avait pas beaucoup d'importance. La majorité de l'article serait du contenu de fond de l'émission de télé-réalité, et je remplirais simplement les blancs plus tard.

Si le renouvellement des vœux était authentique, j'écrirais une histoire de bonne nouvelle qui contrastait avec leur hostilité à l'écran l'un envers l'autre. Si les vœux étaient une cérémonie de télé-réalité mise en scène, alors l'histoire s'écrirait d'elle-même. Il y aurait des insultes et des destructions, et j'enregistrerais simplement l'action.

L'histoire avait à peu près atterri sur mes genoux. J'avais hâte de commencer à l'écrire, mais je devais d'abord terminer les dernières modifications de mon éditorial de la Saint-Valentin. La malédiction de Rocklin semblait plus une fiction que la réalité. Aujourd'hui s'était avéré être un jour de chance.

Quand maman tourna finalement vers notre entrée et remonta la longue route sinueuse jusqu'à l'auberge au sommet de la colline, mon cœur bondit. La Porsche rouge de Jason était garée à côté d'une grande camionnette blanche et d'un camion près du bâtiment séparé qui abritait le Witching Post Bar and Grill. Il était inhabituel à cette période de l'année de voir des véhicules sur le parking en milieu de matinée. Peut-être que certains entrepreneurs s'étaient arrêtés pour un déjeuner tôt.

Au moins, Lucky était barman aujourd'hui à la place de tante Pearl. Moins tante Pearl interagissait avec qui que ce soit, mieux c'était, en particulier quelqu'un d'aussi colérique que Jason McCoy.

Je courrai après maman alors qu'elle traversait le parking en direction des marches avant de l'auberge.

— Tante Pearl ne peut pas être la photographe. Tu sais qu'elle ne mettra pas les pieds sur la propriété Rocklin.

Maman se retourna, leva les bras et haussa la voix.

— C'est vrai, j'ai oublié. Alors qui, Cendrine ? T'as une solution ? Je ne peux pas tout faire toute seule.

— Euh… peut-être que Lucky pourrait le faire ?

Je grinçai des dents en attendant la réponse de maman. Elle n'avait jamais, jamais été en colère, surtout pas après moi. En ce moment, elle était complètement différente, et ça me faisait peur.

Elle se retourna au pied de l'escalier, les mains sur les hanches.

— Lucky ? Tu plaisantes !

Je haussai les épaules.

— Pourquoi pas ? Cela permet à tante Pearl d'être occupée en tant que barman et d'éviter d'interférer avec les McCoy. Cela résout deux problèmes à la fois. Nous allons juste lui dire que Lucky est en arrêt maladie ou quelque chose comme ça.

Les épaules de maman s'affaissèrent.

— Eh bien, d'accord. Tu t'arranges avec Lucky. Mais il a tout intérêt à ne pas être absent.

— Non, il ne le sera pas. Je te le promets. Je vais le conduire moi-même au manoir Rocklin.

Les épaules de maman s'affaissèrent comme si elle portait le poids du monde. Puis elle se retourna et monta les escaliers sans un mot de plus.

— Je sais que tu travailles dur, maman. Je te promets que je t'aiderai davantage.

Maman se retourna.

Elle mit ses mains devant sa bouche. Elle avait l'air d'être sur le point de pleurer.

— Je-je suis désolée de m'être mise en colère, Cen. C'est juste que… parfois, j'ai l'impression d'être la seule à soutenir notre famille. Je dirige l'auberge, fais toute la cuisine et paie les factures uniquement pour obtenir un zéro soutien. Et puis avec Pearl et ta grand-mère critiquant tout ce que je fais… Je suis un peu stressée par tout en ce moment.

— Ne t'inquiète pas, maman, je suis là.

Maman aurait vraiment dû nous consulter avant de s'engager dans son grand projet, mais nous étions déjà au milieu et il était trop tard pour faire marche arrière. Les vingt-quatre prochaines heures pouvaient décider de notre sort. Tout le reste devait attendre.

Comme la malédiction qui semblait de plus en plus réelle chaque minute.

Maman regarda l'heure et soupira.

— C'est peut-être trop pour nous tous. J'espère que je n'ai pas fait une terrible, terrible erreur.

CHAPITRE 6

Maman et moi étions assises dans la salle à manger de l'auberge. Nous discutions des arrangements pour la cérémonie de renouvellement des vœux de Steve et Serena lorsque tante Pearl fit irruption.

— Il faudra que tu me passes sur le corps !

Tante Pearl s'approcha de notre table et agita son doigt vers maman.

— La malédiction de Rocklin va nous ruiner. Je ne risque pas ma vie pour quelques dollars.

Maman leva les yeux du catalogue brillant d'arrangements floraux qu'elle nous avait montrés et fronça les sourcils.

— Mais nous avons besoin d'argent, Pearl. Nos réservations se sont effondrées au cours des derniers mois. Est-ce que tu savais que nous sommes confrontées à la ruine financière ? Nous avons de la chance d'avoir des visiteurs. Je ne te vois pas générer un quelconque revenu.

— Cela ne vaut pas la peine de mettre nos vies en danger, Ruby. Laisse l'endroit Rocklin tranquille, avant qu'il ne soit trop tard.

Tante Pearl tapota du pied en attendant une réponse.

— Soit nous le faisons, soit nous mourons de faim. Les McCoy ne sont qu'une famille ordinaire, déclara maman.

— Sauf qu'il se trouve qu'ils sont célèbres. Ils ont amené des employés qui vont passer la nuit dans la pension. Dans une semaine, ils seront repartis. Tout ce que les McCoy veulent, c'est une belle Saint-Valentin tranquille. Oh, et ils m'ont demandé de les aider à renouveler leurs vœux de mariage.

— Ils ont une équipe de tournage, Ruby ! Il y a une camionnette remplie d'équipements sur le parking. Ne mens pas. Ce n'est pas un renouvellement de vœux, c'est un coup de pub.

Maman n'avait pas mentionné l'équipe. Quels autres secrets maman nous avait-elle cachés ? Maman fit semblant de sourire à tante Pearl.

— Pearl, peux-tu t'occuper des fleurs ? Peut-être des roses blanches et rouges, et une arche de ballons roses et blancs ?

Tante Pearl tapa du pied. Je ne vais *pas* faire une autre de tes arches de ballons stupides. En fait, vous deux-là vous avez préparé ça depuis des mois, n'est-ce pas ?

Je levai les mains en signe de protestation. Je n'ai appris l'existence de *The Real McCoys* que sur le chemin du manoir Rocklin.

Les yeux de tante Pearl se plissèrent alors qu'elle me regardait de haut en bas.

— Tu penses vraiment qu'une émission de télé-réalité vaut la peine de risquer notre existence de sorcières ? Combien vous ont-ils payé ?

Le visage de maman rougit, mais elle resta silencieuse.

— C'est quoi, alors ? Est-ce qu'ils vous ont proposé des rôles dans la série à toutes les deux ?

— Tu as tout faux, tante Pearl. Je n'étais pas d'accord avec les actions de maman, mais elle avait toujours à cœur nos intérêts.

— Ils n'ont rien dit sur le tournage, et nous ne faisons pas partie du casting. Steve et Serena voulaient juste une petite escapade tranquille.

Tante Pearl leva les yeux au ciel.

— Oh, alors maintenant tu les appelles déjà par leur prénom ? Bien tenté, Cen. Vous êtes toutes les deux de mèche. Votre soif de gloire et de richesse met en danger notre existence de sorcières. Je ne veux pas faire partie de tout ça. Procure-toi tes ballons et fleurs stupides ailleurs.

— Je ne suis pas…

Je m'arrêtai au milieu de la phrase, j'avais honte. Bien sûr, maman avait été trop secrète. Mais toute retombée de la malédiction — si elle était réelle — semblait vague. La malédiction n'était probablement qu'une légende fantastique démesurée. Maman m'avait toujours protégée du mal. Si la malédiction était vraiment quelque chose à craindre, elle me l'aurait dit il y a des années.

Malédiction ou pas malédiction, le vrai problème était la confiance. Pourquoi personne dans ma famille ne m'avait parlé de la malédiction Rocklin avant aujourd'hui ? Je ne pouvais pas ignorer le fait que grand-mère Vi et tante Pearl semblaient vraiment terrifiées. En revanche, cela me faisait peur. Tante Pearl était la personne la plus intrépide que je connaissais. Si elle avait peur, il devait y avoir une bonne raison, et maman aurait dû m'en informer pour que je puisse tirer mes propres conclusions. Je m'éclaircis la voix.

— Les McCoy seront partis dans quelques jours, tante Pearl. Tu ne les verras même pas. J'omis toute mention de leur fils, qui se saoulait en ce moment même au The Witching Post.

Tante Pearl rigola.

— Quel plaisir de voir nos invités se détendre pendant que nos vies sont réduites en miettes.

Maman leva les bras en l'air de frustration.

— Les revenus de nos voyageurs nous permettent de vivre juste comme ça, Pearl. Maman agita la main autour de notre salle à manger rustique. La pièce était grande, mais modestement meublée. Les quatre grandes tables à manger en chêne étaient usées, mais fonctionnelles, rachetées à un restaurant en faillite. Le libre-service pour le café et les collations près de la porte de la cuisine était fonctionnel et construit par un artisan local. La salle à manger était plus pittoresque que grandiose. Mais elle remplissait son rôle. Cela servit son but.

— Nous avons de la chance de survivre encore un jour, marmonna tante Pearl.

Maman secoua la tête.

— Arrête d'être si négative. Ils ont payé le double de notre tarif habituel et à l'avance.

— Ruby, il n'y a pas assez d'argent dans le monde pour compenser le déclenchement de cette malédiction.

— Il n'y a pas de malédiction, Pearl. T'as déjà eu des preuves depuis que nous vivons ici ? Maman répondit à sa propre question.

— Non, tu n'en as pas eu.

Les yeux de tante Pearl se plissèrent.

— La malédiction dort parce que les Rocklin ont quitté la ville. Bien sûr, c'était il y a des décennies, mais une seule erreur et elle se réactive. C'est moi qui ai tenu cette malédiction en échec pendant toutes ces années, mais est-ce que quelqu'un apprécie cela ? Non !

Elle secoua la tête.

— Oh, alors maintenant tu es notre sauveuse ? dit maman.

— Vraiment Pearl, tu es ridicule.

— Maman, arrête.

Maman croisa les bras.

— Je ne cède pas cette fois. Pearl arrête et prend le temps de réfléchir. Il n'y a pas de force extérieure qui peut nous enlever nos pouvoirs. Nos pouvoirs ne sont pas strictement héréditaires. Toi aussi tu le sais, Cen. Les sortilèges et les pouvoirs de sorcellerie ne viennent pas à toi, ils viennent de toi. Nous passons chacun des milliers d'heures à perfectionner nos sortilèges. Nous avons gagné ces pouvoirs, sortilège par sortilège, heure par heure et jour après jour d'entraînement. Oui, on nous a fait un cadeau, mais nos pouvoirs se sont développés plus par un travail acharné que par toute autre chose.

Maman avait raison. Bien que je sois reconnaissante de mes capacités surnaturelles, je n'avais pas choisi la complication d'être une sorcière. J'avais d'abord accepté à contrecœur ma responsabilité, mais j'avais fini par pratiquer en secret juste pour répondre aux exigences impossibles de tante Pearl. Chaque sort, potion et remède à base de plantes avait été durement gagné. Le succès n'est pas venu tout seul.

Une question me travaillait toujours. Je me tournai vers maman.

— Les Rocklin ont vraiment quitté la ville, n'est-ce pas ?

— Eh ben… oui. Les gens déménagent pour toutes sortes de raisons. Le ton de maman était artificiellement optimiste.

— Les gens ne déménagent pas au milieu de la nuit sur un coup de tête et ne laissent pas leurs biens derrière eux, Ruby, dit tante Pearl. Tu sais pourquoi les Rocklin sont partis, et Cen mérite de connaître la vérité.

— Elle en sait assez pour le moment. Le reste est une histoire pour un autre jour.

Maman retourna rapidement dans la cuisine, claquant la porte derrière elle.

Tante Pearl se tourna vers moi, les yeux sombres d'inquiétude.

— Lorsque tu choisis ton camp, choisis judicieusement, Cendrine. Quoi qu'il arrive ensuite, cela ne pourra pas être défait.

CHAPITRE 7

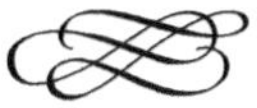

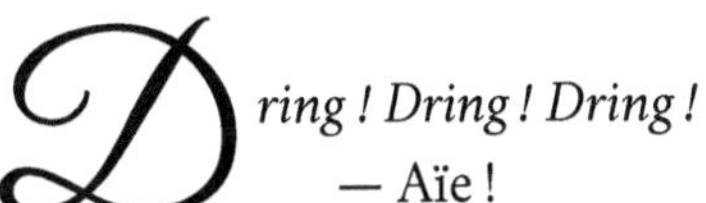

Dring ! Dring ! Dring !

— Aïe !

Surprise par la cloche à la réception sous laquelle j'étais agenouillée, je levai la tête et me cognai au comptoir. Je me dégageai et je me levai.

— Il était temps que je reçoive de l'aide.

Une main pleine de bijoux poussa une liasse de papiers sur le comptoir de réception de l'auberge.

— J'ai une réservation pour vingt-quatre chambres, non-fumeurs.

Je frottai le point douloureux sur ma tête, où une bosse se formait déjà.

— Euh... ce n'est pas possible. Le Westwick Corners Inn ne compte que 8 chambres. Nous n'aurions pas pu vous réserver vingt-quatre chambres.

Je regardai dans les yeux verts d'une femme incroyablement belle aux longs cheveux roux. Elle s'appuya contre le comptoir, refermant l'espace qui nous séparait.

Ses yeux s'enfoncèrent dans les miens alors qu'elle tapotait les papiers avec son index.

— Lisez ça ! Nous avons réservé vingt-quatre chambres. Non pas huit chambres.

Vingt-quatre chambres.

— Nos chambres sont assez spacieuses. Si les gens veulent partager une —

— Absolument pas, dit-elle.

— L'équipe a toujours des chambres privées, et c'est ce que nous avons réservé. Vous devez régler ça immédiatement.

Maman n'avait rien dit de tout ça. À l'intérieur, je fulminai, mais je me forçai à afficher un sourire poli.

— Je pense qu'il y a eu une confusion. L'hôtel le plus proche de cette capacité est à Shady Creek, à une heure de route.

— Inacceptable, lança la femme.

Elle recula et chercha quelqu'un d'autre plus utile que moi. Elle était habillée de manière décontractée mais élégante, avec un jean, des talons hauts et un pull vert émeraude qui correspondait à ses yeux intenses.

Elle allait me déchirer en lambeaux parce que peu importe ce que je disais ou faisais, je n'avais tout simplement pas vingt-quatre suites à offrir. La journée était déjà un désastre et il n'était même pas encore midi.

— J'aimerais pouvoir vous aider, mais nous n'avons que…

Elle agita les mains, les paumes tourné vers l'extérieur en signe de protestation.

— Arrêtez de chercher des excuses et donnez-moi ces fichues chambres.

Mon pouls battit alors que je dépliais le papier. En effet, c'était une réservation, mais pour un hôtel différent dans une ville voisine.

— Ah, je vois ce qui s'est passé. Vous avez réservé The Western Inn à Shady Creek. Vous n'êtes pas la première personne à nous confondre. Si vous voulez, je peux les appeler, mademoiselle…

— Abby Monroe. Je suis l'assistante personnelle de Serena McCoy. Une autre ville n'est pas une option, et ce n'est pas ce que nous avons arrangé.

Abby regarda autour d'elle vers un homme grand et musclé qui était juste en train de passer la porte d'entrée de l'auberge. Il fit un signe de tête presque imperceptible alors qu'il changeait de position.

L'homme avait l'air étrangement familier, mais je ne pouvais pas le situer. Il devait faire bien plus d'un mètre quatre-vingt, parce que le sommet de sa tête atteignait le cadre de la porte. Il avait le physique d'un bodybuilder gonflé de stéroïdes, avec des bras si musclés qu'ils ne pendaient pas directement à côté de lui, mais légèrement en angle. Je devinai qu'il faisait partie du service de sécurité des McCoy, même s'il était étrange qu'il ne soit pas à la maison avec eux. La présence des acteurs et de l'équipe confirmait mes soupçons : le renouvellement des vœux des McCoy n'était pas vraiment si simple que cela.

Je repris mon souffle. Le client a toujours raison, surtout un mauvais. Je devais désamorcer la situation d'une manière ou d'une autre.

— Abby, vous avez de la chance parce que nos huit suites sont toutes vacantes. Je peux vous donner ces chambres tout de suite. Malheureusement, il n'y a pas d'autres hébergements à Westwick Corners. Est-ce que certains membres de votre équipe peuvent rester dans la ville voisine ?

Abby secoua la tête et poussa un papier sur le bureau. Elle frappa un doigt sur le papier à en-tête.

— Vous vous trompez. Ceci doit être l'endroit. Même le GPS nous a dirigés ici.

Mon visage rougit alors que plusieurs autres hommes et femmes entrèrent dans le hall. Argumenter ne résoudrait pas la situation. La panique montait en moi alors que le petit hall était maintenant bondé de gens et de voix fortes. Je pris plusieurs respirations profondes et je relis le papier.

Bien sûr, notre adresse était imprimée sous le mauvais nom et le mauvais logo de l'hôtel. Cela n'avait aucun sens, mais je devais d'une manière ou d'une autre arranger les choses. D'une manière ou d'une autre, j'avais besoin de trouver vingt-quatre chambres, tout de suite.

Je levai les yeux vers Abby avec un sourire jaune.

— C'est étrange. Je ne sais pas comment cela s'est passé, mais ne vous inquiétez pas, nous allons tout régler.

Maman apparut dans le couloir. Elle avait tout entendu et s'approchait. Elle me rejoint derrière le comptoir.

— Régler quoi ?

J'expliquai la situation et présentai Abby.

— Pas de problème, dit maman avec un grand sourire.

— Vous avez de la chance parce que nous avons huit autres chambres dans l'annexe. Certains d'entre vous devront partager leur chambre, mais il s'agit de très grandes suites.

— Est-ce que ça ira ?

Abby soupira.

— Il va falloir que ça le fasse, je suppose.

— Nous avons une journée chargée demain.

* * *

L'ANNEXE de maman s'avérait être l'école de charme de Pearl. Sa sorcellerie transforma rapidement le bâtiment avec une nouvelle façade et des cloisons pour en faire huit autres pièces, et d'une manière ou d'une autre, elle avait conquis Abby avec son compromis. Les chambres n'avaient guère le caractère de l'auberge, mais le bâtiment avait l'air bien rangé et neuf avec une nouvelle couche de peinture et quelques cèdres en pot à l'avant. Le meilleur de tout, c'était à deux pas du parking de l'auberge et du Witching Post Bar and Grill, où ils pouvaient se détendre un peu.

Maintenant, tout ce que nous avions à faire était d'expliquer l'expropriation temporaire de l'école de charme à tante Pearl, qui piquerait une crise. Comment cette histoire de mauvaise chambre d'hôtel a-t-elle pu se produire ? Était-ce un autre des secrets de maman ? Ou était-ce dû à quelque chose de plus sinistre, comme la malédiction de Rocklin ?

CHAPITRE 8

près quelques minutes frénétiques, tout l'entourage de McCoy était enregistré dans leurs chambres. Ça n'avait pas été facile. Il y avait eu de disputes pour déterminer qui devait partager une chambre et qui ne devait pas, mais Abby avait fini par arranger les choses en procédant à plusieurs ajustements. Abby et l'agent de sécurité musclé, qui s'est avéré être le chauffeur des McCoy, resteraient au manoir Rocklin avec les McCoy, tout comme le fils de Steve, Jason. Le plan initial de Jason de rester avec l'équipe m'avait surpris. D'un autre côté, Jason voulait peut-être rester un peu à l'écart de sa famille.

De retour dans la cuisine, je me suis assise au coin déjeuner, avec l'intention de terminer mon éditorial sur la Saint-Valentin. Il restait juste quelques touches finales, mais je n'arrivais pas à me concentrer. J'étais préoccupée par une malédiction que maman avait refusé de reconnaître. Peut-être pourrais-je trouver des informations sur la famille Rocklin dans les anciens numéros du Westwick Corners Weekly ou, à défaut, dans les documents historiques de la bibliothèque. Une famille abandonnant son manoir et quittant la ville au milieu de la nuit aurait été digne d'intérêt dans une petite ville comme la nôtre. C'était tout de même un petit point de départ.

Mes doigts étaient posés au-dessus du clavier, sur le point de taper dans la barre de recherche quand une rafale d'air froid balaya ma tête. Grand-mère Vi flottait au-dessus de moi. Sa forme semi-translucide scintillait, enveloppée d'un manteau de velours violet qui tourbillonnait alors qu'elle bougeait. Elle regarda attentivement mon ordinateur portable posé sur la table en dessous d'elle.

— Je suis en train de relire pour toi, ma chérie.

Grand-mère Vi saisit un crayon à pointe gommant avec les deux mains et frappa maladroitement l'écran.

— Tu as répété un mot dans le deuxième paragraphe, Cen. J'appuie aussi fort que possible, mais pour une raison quelconque, cela ne s'efface pas.

Elle pressa l'écran si fort qu'elle perdit sa prise sur le crayon. Il tomba sur le clavier avec un bruit sourd. Elle fit un grand geste de la main.

— Ça a marché ! Je devais juste appuyer sur le bon bouton !

Je haletai. L'écran qui avait été rempli d'un mur de caractères noirs quelques secondes plus tôt était à présent vide. J'appuyai sur la flèche vers le haut, puis la flèche vers le bas alors qu'un sentiment de panique montait en moi.

— Purée qu'est-ce que t'as fait ?

— Oh oh. Où sont passés tous ces mots ? Je voulais seulement supprimer un mot mal orthographié, pas tout. Désolée, Cen.

Elle récita un sort de rembobinage, puis s'arrêta au milieu de la phrase.

— Je ne me rappelle pas du sortilège exact pour le récupérer.

— Tout va bien.

C'est une formule simple : J'appuyai sur la commande « annuler » sur le clavier.

Rien ne se passa. L'écran blanc me regarda fixement, inchangé.

— Cela aurait dû marcher. Tu l'as sauvegardé ?

— Sauvegarder quoi ? Grand-mère Vi plissa les yeux sur l'écran.

— Tu sais que je n'aime pas les ordinateurs.

— Peu importe, mamie. Je n'avais pas encore appuyé sur le bouton « enregistrer », j'aurais donc dû pouvoir annuler ce que tu as fait. Je ne sais pas pourquoi ça ne marche pas.

Grand-mère Vi souffla.

— Oh là, là. La malédiction Rocklin est une affaire sérieuse. Répare-le avec un peu de magie. Essaie un sortilège d'inversion.

Mon pouls s'accéléra alors que je marmonnais le sortilège d'inversion.

Rien.

Des perles de sueur se formèrent sur mon front. Mon édition de la Saint-Valentin — une semaine de travail — avait été définitivement supprimée. Je cliquai sur l'icône de la corbeille de l'ordinateur.

Vide.

Bon sang ! Où est passé mon dossier ?

Si seulement je n'avais pas retardé le travail de quelques minutes.

Je jurai et je cliquai sur le bouton d'annulation encore et encore, sachant que c'était futile. J'aurais dû pouvoir annuler la suppression, ou même récupérer une ancienne version de mon fichier. Pourtant, je ne pouvais pas. Le fichier avait complètement disparu de mon ordinateur. La sorcellerie était définitivement impliquée.

Pas la sorcellerie de grand-mère Vi, bien sûr. Elle pouvait à peine jeter des sorts en tant que fantôme. Elle essayait juste d'aider. Elle ne saboterait jamais sciemment mes efforts. Maman non plus.

Tante Pearl c'était une autre histoire. Elle adorerait fermer *The Westwick Corners Weekly* et me forcer à me concentrer davantage sur la sorcellerie. Elle espérait toujours que son interférence magique pourrait me mettre à ses côtés. Mais détruire mon travail en cours était extrême, même pour elle. Et il n'y avait pas d'autres sorcières en ville.

Je me massai le front dans l'espoir d'écraser le mal de tête martelant que j'avais maintenant.

— Essaie à nouveau le sortilège d'inversion, Cen. Tu as probablement manqué un mot, déclara Grand-mère Vi.

— Eh bien, ça vaut le coup d'essayer.

J'avais des doutes, mais je n'avais pas d'autres options. Je pris une profonde inspiration et je récitai le sortilège d'inversion, lentement et soigneusement cette fois. J'étais à la moitié de la deuxième ligne lorsque la porte extérieure s'ouvrit avec une telle force qu'elle heurta le mur.

— Quelque chose ne va pas ? Tante Pearl entra dans la cuisine et déchaussa ses bottes près de la porte.

— Pourquoi es-tu plantée là au lieu de travailler ?

— Mon dossier de la Saint-Valentin a disparu sans raison. Je surveillai attentivement sa réponse.

Tante Pearl rigola.

— La raison c'est la malédiction Rocklin. Pas une grande perte, puisque personne ne lit tes articles de toute façon. Cela pourrait aussi bien être écrit par des fantômes.

Grand-mère Vi lui jeta un regard noir.

— Les fantômes peuvent écrire. Au moins dicter. J'ai juste besoin que quelqu'un appuie sur les touches pour moi.

— Ce n'est pas la malédiction et je peux le récupérer, dis-je.

— Silence, pour que je puisse me concentrer.

Tante Pearl se moqua de moi d'un ton sarcastique.

— Silence pour qu'elle puisse se concentrer ! Je te signale qu'une bonne sorcière opère dans toutes sortes de conditions et ne se laisse pas distraire —.

Je me bouchai les oreilles et récitai le sortilège d'inversion, cette fois dans son intégralité. Quelques secondes plus tard, l'écran était rempli de cœurs rouges et de souhaits de la Saint-Valentin.

Je soupirai de soulagement en vérifiant le texte. C'était ma dernière version, tout intacte.

— Dieu merci, j'ai tout récupéré.

Grand-mère Vi tapa dans ses mains translucides.

— Bien joué, Cen ! Tu es une sorcière incroyable.

— Elle est passable, grommela tante Pearl.

Grand-mère Vi l'ignora.

— Ton numéro de la Saint-Valentin est une excellente idée, Cen. J'ai hâte de lire le reste.

Grand-mère Vi avait plané au-dessus de mon ordinateur portable une fois de plus, lisant les messages de la Saint-Valentin à haute voix. Une fois de plus, elle saisit un crayon dans sa main translucide.

Ne voulant pas un désastre de suppression répétée, j'imaginai une copie papier journal pour grand-mère Vi et aussi une pour tante Pearl. Je plaçai soigneusement la copie de grand-mère Vi au centre de la table et l'ouvris à la première page de la Saint-Valentin. Elle devait déclencher une tempête de vent pour tourner les pages, mais j'étais prête à l'aider. Je ne pouvais plus supporter d'autres mauvaises nouvelles.

— Je ne lis pas ces âneries.

Tante Pearl roula sa copie dans une sorte d'arme et me la dirigea sur la tête. Je l'attrapai avant qu'elle ne me touche et je la plaçai sur la table.

Grand-mère Vi leva les yeux de sa copie et pouffa de rire.

— Ooh, regarde celui-ci ! Tu es ma perle Pearl. Avec tout mon amour, Earl. Punaise, je me demande à qui ça s'adresse ?

Je me tournai vers tante Pearl.

— Donne-moi ça !

Les joues de tante Pearl rougirent d'un profond cramoisi. Elle arracha la copie de grand-mère Vi de la table et tint le papier à bout de bras, plissant les yeux pour lire les messages de la Saint-Valentin.

— Oh, ma petite perle, Pearl. Comme c'est adorable !

Grand-mère Vi flotta à quelques mètres du sol, hurlant de rire.

Tante Pearl me cogna le papier dans la poitrine.

— Bah, bah, bah, Cendrine ! Tu es une mauvaise poète.

— Je ne l'ai pas écrit ; ton petit ami l'a fait. C'est le souhait de la Saint-Valentin d'Earl pour son amour.

Tante Pearl rougit.

— Earl ne ferait jamais quelque chose de ridicule comme ça. Tes blagues à deux balles sont tout aussi mauvaises que cette stupide émission de télé-réalité.

— Eh bien, pourquoi n'en parles-tu pas à Earl ?

Je souris.

— Il y a une mystérieuse Saint-Valentin. C'est une annonce anonyme pleine page pour surprendre quelqu'un de spécial. Je ne sais pas de qui ça vient ni à qui elle est destinée.

Maman sortait juste de la salle à manger

— À qui est-ce destiné ?

— C'est un secret, maman. Un bienfaiteur anonyme a payé pour une diffusion de deux pages.

Je pointai du doigt la propagation centrale dans le journal de grand-mère Vi. La police était assez grande pour qu'un enfant de quatre-vingt-dix ans puisse lire sans lunettes de lecture.

— C'est de qui ? demanda maman.

Je haussai les épaules.

— Il n'y avait pas de nom attaché à l'enveloppe non marquée qui a été glissée sous la porte de mon bureau hier après la fermeture. Je n'ai pas mentionné les cinq cents dollars en espèces qui l'accompagnaient. C'était plus que le coût de la publicité, et j'espérais éventuellement retourner les fonds excédentaires.

- Ri-di-cu-le ! Tante Pearl se dirigea vers l'îlot de cuisine et se versa une tasse de café de la carafe.

Maman s'approcha de la table.

— Eh bien, que dit la Valentine ?

J'ouvris le journal et je le plaçai au centre de la table pour que nous puissions tous le lire.

— Ça, c'est vraiment chouette. Tu vas adorer.

Je lis le court passage à haute voix :

Je t'aime, mon petit lapin

Mais je n'ai pas d'argent,

Mais je n'ai même pas de pain,

Je crèche sous les ponts,

Je ne possède aucun rond,

Veux-tu être ma Valentine ?

Sans aucun toit sur ma tête

J'ai contracté des dettes

Mais toi et moi, tu verras

Notre malchance disparaîtra

Nous allons renaître comme le phénix des cendres

Nous allons vivre des journées tendres

Vivre des jours heureux,

Pour l'amour de Dieu

Si seulement tu voulais être ma Valentine.

Tante Pearl rougit.

— Quel est ce naze qui a écrit ce truc stupide ? C'est horrible !

— C'est trop mignon, dit maman.

— Dire que je n'ai pas grand-chose, mais que tout ce que j'ai est à toi. C'est adorable !

— Aaah !

Grand-mère Vi tomba brusquement et s'écrasa sur la table, sa lévitation disparue. Sa forme transparente se tortilla alors qu'elle roulait lentement de la table sur la banquette.

— Mamie, ça va ?

Je concentrai mes pensées et essayai de la remonter. J'avais déjà fait de la gymnastique mentale similaire, principalement en pratiquant ma sorcellerie. Mais cette fois, elle ne bougeait pas.

Elle hocha faiblement la tête.

— C'est la malédiction Rocklin, réactivée. Je t'avais dit de laisser cet endroit tranquille, Ruby.

La bouche de maman s'ouvrit sous le choc, mais elle ne dit rien.

Soudain, la pièce se déplaça et une sorte de brouillard s'installa. Les murs se fissuraient, la vaisselle tombait par terre et l'air s'épaississait de poussière. Je pouvais à peine voir de l'autre côté de la pièce. La brume s'était dissipée tout aussi rapidement, mais elle révélait que le coin déjeuner autour duquel nous nous étions rassemblés s'était transformé en table de pique-nique.

Une goutte d'eau se posa sur mon poignet. Je regardai vers le haut et je vis le ciel à travers un trou béant dans le plafond. Très inhabituel, puisque nous étions au premier étage de notre auberge de trois étages. Le trou géant dans notre plafond aligné avec un trou dans le plafond du deuxième étage, et au-dessus, le toit au-dessus du troisième étage. Le ciel était rempli de nuages d'orage qui commençaient tout juste à cracher de la pluie.

Maman soupira.

— Oh mon Dieu, les hôtes ! Si jamais quelqu'un marche dans le trou ? Un de nos hôtes pourrait mourir !

Alors que je levais les yeux de détresse, la couture de ma robe se déchira.

Tante Pearl pointa du doigt mon ventre.

— Cen ! Tu viens de prendre treize kilos ! chuchota grand-mère Vi.

— Oh, mon Dieu, c'était une malédiction que tu as récitée et non pas un poème de la Saint-Valentin, Cen. Tout ce que tu as lu à haute voix nous arrive en ce moment. Nous n'avons littéralement pas de toit au-dessus de notre tête. Tout cela fait partie de la malédiction Rocklin.

Je secouai ma tête. C'est juste une coïncidence.

— Toutes nos pires craintes se sont réalisées !

Maman pleura.

— Au lieu de la santé, de la richesse et du bonheur, nous sommes malades, pauvres et tristes. Et grasses.

Ma lèvre inférieure tremblait alors que je combattais l'envie de pleurer.

Tante Pearl fronça les sourcils.

— Je t'avais prévenu, Ruby. Mais tu n'as pas voulu m'écouter !

Personne ne dit rien.

Quelques mots mal prononcés avaient apporté la catastrophe. Maintenant, notre auberge complète était endommagée et nos capacités à lancer des sortilèges étaient aussi menacées. La malédiction Rocklin était réelle, et elle faisait déjà des ravages. Nous étions invincibles ensemble, mais déchirés, nous étions impuissants à le combattre. Quelle que soit la suite, elle pourrait déterminer notre avenir en tant que sorcière pour les générations à venir.

CHAPITRE 9

Je jetai un coup d'œil vers le haut en direction du trou béant du plafond. Maman avait vérifié chaque chambre, mais la seule bonne nouvelle était que tous nos invités étaient sortis déjeuner. Ils reviendraient tôt ou tard, et tout devait être réparé avant leur retour.

Maman était furieuse.

— Tu es derrière tout ça, Pearl. Que tu aimes avoir des hôtes payants ou non, nous avons besoin d'argent. Répare ce toit avant de faire fuir nos hôtes.

Tante Pearl se dirigea vers la table avec une expression sérieuse sur son visage.

— Tu sais que ce n'est pas moi, Ruby. C'est la malédiction. Tu nous mets toutes en danger avec la location du manoir Rocklin.

J'attrapai la main de maman avec ma main gauche et la main de tante Pearl avec ma main droite.

— Assez des reproches de toutes parts. Trop tard pour faire quoi que ce soit à ce sujet maintenant. Combinons nos forces et voyons si nous pouvons réparer le toit. Grand-mère Vi ferma le cercle, et nous récitâmes le sort d'inversion, cette fois à l'unisson.

Il aura fallu tous nos efforts, et plusieurs tentatives, mais nous avons réussi à remettre le plafond à son état d'avant l'envoûtement. J'ai ensuite couru vers la fenêtre pour vérifier l'annexe. Heureusement, elle n'avait pas bougé, toujours dans son état nouvellement converti.

— Ouf ! Je suis claquée.

Je m'effondrai dans le coin déjeuner. J'avais envie de faire une sieste et ce n'était pas encore l'heure du déjeuner. Tout cela n'a aucun sens.

— Quiconque lit ce trucmuche à haute voix aura un trou dans son toit. Cela maudit tout le monde.

Tante Pearl secoua la tête.

— Faux. La malédiction ne fonctionne que lorsqu'elle est récitée par une sorcière. Ils étaient également prudents, le plantant dans un journal que personne d'autre que Cen ne lit jamais.

Je lui jetai un regard.

— Qui sont « ils » ?

Silence.

— Beaucoup de gens lisent mon journal, dis-je défensivement.

— Tante Pearl, quelqu'un – dites-moi plus sur la malédiction. Comment puis-je me protéger quand je ne sais pas à quoi je suis confrontée ?

— Je te le dirai plus tard, s'écria Tante Pearl. À l'heure actuelle, nous devons contrer la malédiction avant qu'elle ne cause des dommages insurmontables.

— Tu ne peux pas inverser quelque chose qui n'existe pas, déclara maman.

— Chiche ! Tante Pearl leva les bras et parla d'une voix forte.

Je rejette ta malédiction du ciel,
Elle fondra sous tes yeux comme du miel,
Tu ne nous accableras plus,
Va-t'en avec ton clan inclus,
Je protégerai cette maison à l'infini,
N'ose pas montrer ton visage, sinon t'es finie
Tes pouvoirs sorciers n'existent plus,
Verrouillée à jamais derrière la porte et exclus,

Changé de sorcière à mortelle pour toujours,

Éternellement bannie du vortex sans aucun retour,

Tu paieras pour tes graves méfaits,

Tous tes rêves seront défaits,

Tes malédictions ne vont plus marcher,

Pour l'éternité, le doute en toi va te hanter,

Quarante ans et un jour et des poussières,

C'est le temps que tu resteras hors des lumières.

Elle baissa les bras et essuya une paume contre l'autre.

— Voilà, c'est fait. Pour le moment, nous verrons.

Grand-mère Vi s'éclaircit la gorge.

— Maintenant, puis-je parler à Cen des Rocklin?

— Non. C'est moi qui devrais expliquer la malédiction de Rocklin, insista Tante Pearl en prenant place au coin du petit-déjeuner.

Elle lança un regard noir à Grand-mère Vi.

— Tu étais trop directement impliquée pour pouvoir l'expliquer avec précision.

— D'accord, comme tu veux.

Grand-mère Vi rougit de colère.

Tante Pearl dit avec nostalgie :

— Nos deux familles de sorcières, les West et les Rocklin, vécurent en harmonie pendant des décennies. Nous avons partagé nos tâches de vortex, et même partagé des potions et des sortilèges. Tout allait très bien. Puis une sorcière, Eliza Rocklin, développa une soif inextinguible de pouvoir.

— Jusqu'à ce moment-là, Westwick Corners était une sorte d'utopie surnaturelle. Nous pratiquions nos sortilèges ouvertement, nos jardins d'herbes magiques fleurissaient, et nous faisions ce qui nous plaisait. Notre seule obligation était de protéger le vortex d'énergie. Nous vivions si bien, et nous ne le savions même pas.

Je fronçai les sourcils.

— Maman, pourquoi tu ne me l'as pas dit ?

— Euh, je…, je ne croyais pas…

Tante Pearl lui coupa la parole.

— Ruby n'avait que douze ou treize ans à l'époque. Elle était aussi égocentrique à l'époque qu'elle l'est maintenant. Tout ce qui l'intéressait, c'était de s'occuper de son jardin d'herbes aromatiques et de cuisiner. J'étais la sœur la plus âgée et la plus sage. J'étais bien consciente des conséquences d'un faux pas. Si nous perdions le vortex, nous ne pourrions pas survivre dans cette ville. J'ai finis par être serveuse au Shady Creek Café. T'imagines un peu ?

— Absolument pas.

Je frissonnai à l'idée que tante Pearl servait les clients et attendait des pourboires.

— Quoi qu'il en soit, Eliza était sur la fin de la vingtaine, une sorcière passable, je suppose, mais pas aussi bonne que moi. Elle était aussi assez manipulatrice. Elle pensait qu'avec un peu de ruse, sa famille pourrait contrôler complètement le vortex. Elle voulait exclure notre famille du tableau. Le partage du pouvoir ne suffisait pas à Eliza. Elle voulait transformer notre vortex en parc à thème.

Je haletai.

— Tout comme ce que nous avons vécu il y a quelques années avec Tonya Plant ? Qu'est-ce qu'il y avait avec les sorcières et les parcs à thème ?

Tante Pearl hocha la tête.

— Exactement. Sauf qu'Eliza a réussi. Pendant un certain temps, elle contrôlait complètement le vortex.

— Tu l'as laissée faire ça ? Il était difficile d'imaginer Tante Pearl permettre que cela se produise.

Tante Pearl rigola.

— Elle était déjà une sorcière très puissante, Cen. J'étais encore en train d'apprendre.

Je levai ma main.

— Tu viens de dire que tu étais la meilleure sorcière.

— Arrête de discuter, Cendrine. Quoi qu'il en soit, après avoir désactivé nos pouvoirs, Eliza avait complètement arrêté le vortex d'énergie.

— Comment est-ce qu'elle pouvait faire ça ? Je pensais que le vortex était plus fort que n'importe quel être.

Tante Pearl soupira.

— J'espère que cela ne prendra pas toute la journée. Eliza était très sournoise. Elle nous piégea en nous forçant à désactiver nos pouvoirs et à les lui transférer provisoirement.

Je restai bouche bée. Je ne pouvais pas imaginer Tante Pearl transférer le pouvoir — ou recevoir des ordres de qui que ce soit.

— Et pourquoi donc as-tu fait ça ?

— Eliza nous a convaincus que quelque chose de terrible arriverait au vortex si nous ne le faisions pas. Un transfert de pouvoir est réservé aux circonstances les plus graves. Eliza a convaincu votre grand-mère que le transfert de pouvoir était nécessaire pour recalibrer le vortex. Quelque chose à propos du champ d'énergie éteint et de nos pouvoirs qui interfèrent avec lui. Rien que je n'aurais vraiment cru, mais —

Grand-mère Vi l'interrompit.

— Tu aurais fait la même chose dans ma position et tu le sais, Pearl.

— C'est du passé, mais, après avoir désactivé nos pouvoirs, Eliza jeta un sort pour geler nos pouvoirs indéfiniment, ajouta maman.

— Elle prévoyait de s'emparer du portail et de l'exploiter à des fins lucratives.

— C'est contre les règles de la WICCA de profiter des sortilèges, dis-je.

Tante Pearl leva les yeux au ciel.

— Ne sois pas si naïve, Cen. Les gens enfreignent les règles tout le temps. Eliza était une sorcière criminelle qui volait tout le monde. Et elle y arrivait.

— Vous m'avez caché tout ça ? Mon visage rougit, blessé que toute ma famille m'ait caché une partie si importante de notre histoire familiale.

— Tu n'étais pas tout à fait prête avant, lança tante Pearl.

Contrairement à la malédiction, j'en savais beaucoup sur le vortex. On ne pouvait pas ne pas savoir. Chaque sorcière sentait l'attraction de la force magnétique chaque fois que nous venions ou partions de Westwick Corners.

Notre vortex n'était pas connu du grand public, comme Stonehenge ou Sedona, en Arizona. Cependant, il était très connu dans le monde surnaturel. Comme tous les vortex d'énergie, il amplifiait les pouvoirs surnaturels et était un portail vers d'autres dimensions et mondes.

Les pouvoirs diminuaient à mesure que vous vous éloigniez du vortex. Jeter des sorts était toujours un peu plus difficile à Shady Creek et, chaque fois que je quittais complètement l'État, je fonctionnais à environ 75 % de ma force normale. Il était aussi invisible qu'une onde radio, et être hors de portée était comme jeter des sorts sur une pile presque vide. Chaque fois que je rentrais chez moi ou que je me rapprochais d'un autre vortex d'énergie, mon envoûtement se rechargeait.

Je fronçai les sourcils.

— Eliza a dû finir par échouer, car nos pouvoirs restent intacts. Comment les as-tu récupérés ?

— Nous avons dû appeler des renforts, ajouta grand-mère Vi.

— Tu donnes l'impression que c'est une guerre.

— C'est exactement de cela qu'il s'agit. Une guerre secrète, où nous avons été attaqués en secret. Grand-mère Vi avait l'air triste.

— Personne ne nous croyait, et peu nous ont aidés.

Maman changea de sujet.

— Peut-être que vous avez le temps de discuter toute la journée, mais pas moi. Je dois apporter ces arrangements floraux à Serena. Je dois également faire des emplettes pour le dîner de ce soir, prendre des nouvelles de nos hôtes à l'étage et préparer le petit-déjeuner de demain. C'est ce qu'on appelle gagner sa vie.

— Que puis-je faire ? demandai-je.

Mais maman n'entendit pas. Elle était déjà dans le couloir, enfilant son manteau.

Nous étions l'ombre de nous-mêmes. Tante Pearl avait peur. Maman était colérique. Et moi, j'étais soudainement incertaine de tout. Quelque chose avait changé en chacun de nous, et je me sentais impuissante pour l'arrêter.

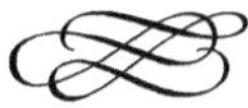

CHAPITRE 10

J'avais finalement terminé mon article sur la Saint-Valentin et j'ai décidé de sortir. La Porsche de Jason était toujours garée dans le parking du Witching Post. J'envisageai d'attendre pour poser des questions à Lucky par rapport du photographe, mais je décidai que ça ne pouvait pas attendre. Nous n'avions pas beaucoup de temps pour organiser la cérémonie de renouvellement des vœux de Steve et Serena. Étant donné les fréquentes absences de Lucky, cela pourrait être ma dernière chance.

J'ouvris la porte du bar et entrai, faisant une pause alors que les voix de Lucky et Jason me parvenaient depuis le bar. Les deux hommes continuèrent à parler, inconscients de ma présence.

— Je peux y arriver. Tout ce qu'il faut c'est de l'argent. Lucky essuya le bar et enleva la bouteille de bière vide de Jason.

— Combien ? Jason sortit son portefeuille de sa poche arrière.

Lucky se gratta le menton.

— Cela dépend… mais d'après ce que tu as dit, je peux probablement le faire pour dix mille dollars.

— Hum, d'accord. Dans combien de temps ?

Lucky ouvrit une autre bouteille de bière et la plaça sur le bar devant Jason.

— Dès que tu me paieras. Je commencerai.

Alors que j'écoutais leur conversation sommaire, je me rappelai le curriculum vitae de Lucky lorsque nous l'avions embauché. Il y avait de grandes lacunes inexpliquées dans ses antécédents professionnels, mais les quelques emplois énumérés étaient principalement dans les bars et les restaurations rapides. « Criminel à louer » n'était pas l'un d'entre eux.

Je me dirigeai vers le bar et sortis un tabouret de bar, traînant bruyamment la chaise sur le sol pour m'annoncer. Je m'assis à quelques tabourets de Jason.

Lucky semblait surpris par ma présence.

— Oh salut, Cendrine. Je t'offre un verre ?

— Euh, non merci, Lucky. Je dois te demander quelque chose. Peut-on parler en privé ? demandai-je.

— Pas besoin. J'étais en train de partir.

Jason fronça les sourcils et se leva de son siège. Il se tourna vers Lucky.

— Je t'appellerai plus tard.

J'attendis que Jason sorte et j'entendis le moteur de la Porsche tourner dans le parking.

— Lucky, j'ai besoin de ton aide. Un couple parmi nos hôtes veut renouveler leurs vœux, et j'ai besoin d'un photographe pour demain. Es-tu intéressé ? C'est assez simple. Prendre quelques clichés de la cérémonie avant et après, rien de fantaisiste. Cela ne durera que quelques heures au max.

Lucky leva les mains et haussa les épaules.

— Moi ? Prendre des photos de mariage ? Je n'ai même pas d'appareil photo.

— Tout va bien. Je vais fournir l'appareil photo. Je vais même t'y conduire et te ramener. Ça sera payé le triple de ton salaire de barman.

J'avais espoir qu'il ne puisse pas refuser cette offre.

Il haussa les sourcils.

— Oh, vraiment ? Ben, il se trouve que j'ai désespérément besoin de sous. Mon loyer est en retard, et j'ai déjà dépensé l'argent.

— D'accord, super, dis-je.

— La cérémonie est vers midi, mais je dois encore confirmer l'heure. Il te suffit de te présenter ici à ton travail comme d'habitude, et on va t'amener. Je vais demander à quelqu'un de te remplacer pendant ton absence.

Si tante Pearl n'acceptait pas de remplacer Lucky, je fermerais le bar en dernier recours.

— Ça marche.

Lucky affichait son grand sourire à un million de dollars.

— J'ai hâte.

CHAPITRE 11

J e retournai à l'auberge pour travailler sur mon article. Je m'assis au coin déjeuner, mon estomac grognait alors que je jetais un coup d'œil au grand bol de muffins sur l'îlot de cuisine. J'étais à mi-chemin de la rédaction de la première ébauche de mon article Real McCoys. Puis maman appela, et tout changea.

Elle était en sanglots. Elle gémissait si fort que je devais tenir mon téléphone loin de mon oreille. Son discours sortait en morceaux, si décousu qu'il était difficile de distinguer ses mots.

— Je suis au manoir Rocklin. Il y a eu un — euh, terrible accident ! dit maman en pleurant.

— Viens vite !

— Un accident ? Que s'est-il passé ?

J'augmentai le volume de mon téléphone.

Tante Pearl, qui se tenait à proximité, entendit tout, et ses yeux s'écarquillèrent de peur.

— C'est cette fichue malédiction !

Je levai la main pour la faire taire afin de pouvoir déchiffrer le discours incohérent de maman.

Les mots de maman tombèrent en brèves rafales.

— Je, je viens de trouver Steve McCoy. Il flottait visage vers le bas dans la piscine. Je pense qu'il — qu'il est mo-mort. Je ne sais pas quoi— .

Tante Pearl m'arracha le téléphone de la main et cria dedans.

— Ça y est, tu me crois maintenant, Ruby ? Sors de là ! Nous sommes condamnées !

Je récupérai mon téléphone. Les phrases brisées et confuses de maman étaient difficiles à comprendre, surtout avec le nouveau bruit de clic étrange sur la ligne.

— Maman, ralentis et dis-moi ce qui s'est passé. Tes propos n'ont pas de sens.

Elle parla d'un ton haletant entre les sanglots.

—Je, je, j'ai essayé de le sauver. J'ai sauté dans l'eau, essayé de... de le déplacer... mais c'était...trop tard. Je pense qu'il — qu'il est mo-mort.

Le claquement, je me suis alors rendu compte que c'étaient les dents de maman qui claquaient. Elle avait sauté dans la piscine, entiè-rement vêtue, à une température inférieure à zéro.

— J'arrive tout de suite, maman. Reste en ligne et ne fais rien de plus jusqu'à ce que j'arrive.

Elle était probablement déjà en état d'hypothermie, ou pire. Je courus dans le couloir et enfilai mon manteau et mes chaussures. J'attrapai le manteau d'hiver le plus lourd de maman dans le placard du hall et je me dirigeai vers l'extérieur. Je marchai à moitié, courus à moitié jusqu'à ma voiture dans le parking, parlant au fur et à mesure.

— As-tu appelé les pompiers ?

Westwick Corners n'était pas assez grand pour avoir un service d'urgence 9-1-1 ou même des ambulanciers paramédicaux. Tout était géré par les pompiers volontaires. Si nous avions besoin d'aide supplémentaire, nous étions obligés de demander de l'aide à Shady Creek, une plus grande ville à plus d'une heure de route. Inutile de dire que, si nous avions besoin de leur aide, il était probablement déjà trop tard.

— Je-je t'ai appelé en premier. Que dois-je faire ?

Le discours de maman devenait flou et plus difficile à comprendre de minute en minute. Maman aurait dû appeler le shérif Tyler Gates d'abord, mais elle était trop paniquée pour penser correctement.

J'arrivai à ma voiture, le lourd manteau de maman drapé sur mon épaule.

— Je vais appeler les secours. Essaie juste de rester au chaud jusqu'à ce que nous arrivions.

Tante Pearl courut derrière moi au moment où j'ouvrais la portière de la voiture. Elle attrapa le manteau de maman de mon épaule, serra mon poignet et cria.

— Tu ne peux pas y aller, Cendrine ! Tu ne t'en sortiras jamais vivante.

J'arrachai mon bras de son emprise étonnamment forte et montai sur le siège du conducteur. J'ai appelé Tyler.

Tante Pearl jura et courut vers le côté passager du SUV. Elle tira sur la poignée de la portière et se jeta sur le siège passager. Elle jeta le manteau de maman sur la banquette arrière.

— Tu ne vas pas y aller. Je te l'interdis.

— Bien sûr, j'y vais. Maman a besoin d'aide.

Tyler répondit immédiatement à son téléphone.

J'expliquai la découverte tragique de maman en démarrant la voiture et en la mettant en marche.

— Maman est au manoir Rocklin. Elle a trouvé un homme flottant dans la piscine. Il ne réagit pas.

— Attends, je vais envoyer les pompiers.

J'entendis un bruit statique alors que Tyler parlait sur sa radio portable et une voix masculine en arrière-plan disait quelque chose d'indéchiffrable.

— D'accord, ils sont en route vers là-bas. Au fait, pourquoi Ruby est manoir Rocklin ? Je pensais qu'il était abandonné.

— Maman a loué le manoir et elle l'a remis en location à des hôtes qui viennent de l'extérieur. Tu en as probablement entendu parler. Ce sont les Real McCoys, la famille de cette émission de télé-réalité. Je pense que maman est seule là-bas, mais elle était vraiment difficile à comprendre. Elle a dit qu'elle avait trouvé Steve McCoy flottant dans la piscine.

Une vision de maman luttant pour tirer Steve, un homme de deux fois sa taille, à travers la piscine flasha dans mon esprit.

— Je vais directement là-bas, dit Tyler.

— Moi aussi.

Je terminai l'appel et jetai un coup d'œil à travers le parking de l'auberge à l'endroit où il y avait un espace vide, là où la voiture de Jason était garée plus tôt. Était-il retourné au manoir Rocklin ? Maman n'avait mentionné la présence de personne d'autre. Il n'y avait pas beaucoup de choses à faire en ville pour un jeune homme en colère. Quelques minutes dans les deux sens ne conduisaient qu'à des champs, des vergers et des vignobles en dormance hivernale.

Jason aurait des explications à donner, surtout si la mort de Steve s'avérait être plus qu'un horrible accident. Je me rappelai leur précédente dispute. Jusqu'où irait un fils arrogant et habile pour arriver à ses fins ?

Si Jason était innocent et ne savait pas encore pour son père, il le saurait bientôt. D'ailleurs, le monde entier aussi. Une célébrité, noyée dans une piscine dans une ville presque fantôme, loin d'Hollywood. Westwick Corners était sur le point d'être découvert. Et pas dans le bon sens.

Je jetai un coup d'œil à tante Pearl.

— Tu as dit de ne jamais t'approcher du manoir Rocklin, que c'est trop dangereux. Donc, pourquoi es-tu ici ?

— Un cadavre est un cadavre de trop. Les temps désespérés exigent une magie désespérée, Cen. Nous aurons besoin de lancer des sorts qui vont bien au-delà de tes capacités.

— Je suis parfaitement capable de m'occuper des choses.

De façon réaliste, tout ce que je pourrais faire était de garder tante Pearl loin de nos clients dans le meilleur des cas. Contrer une malédiction sur une scène de crime potentielle était presque certainement au-delà de mes capacités. Mais avoir tante Pearl là-bas aggraverait sans aucun doute les choses.

Je descendis notre longue allée de gravier sinueuse aussi vite que possible sans perdre le contrôle. Du gravier se pulvérisait alors que je tournais sur la route et accélérais.

— Tu vas tout gâcher, Cendrine. Entre toi et ta mère —

— T'aurais vraiment dû rester à l'auberge, tante Pearl. Lucky a besoin de supervision, si tu ne l'as pas encore remarqué.

— N'essaie pas de te débarrasser de moi. Tu as plus que jamais besoin de mon aide. Ruby nous a mis dans ce pétrin et tu l'as aidée. Comme d'habitude, je suis la seule à pouvoir nous en sortir.

Se disputer avec tante Pearl était inutile. Je jetai un coup d'œil et je vis mon téléphone dans sa main.

Sa tête était penchée vers l'avant alors qu'elle chuchotait dans le téléphone d'une voix basse.

— À qui parles-tu ?

Je réalisai vite que le téléphone n'était qu'un accessoire pour cacher ce qu'elle faisait vraiment : lancer un sortilège.

Tante Pearl saisit une poignée de pierres polies dans sa main gauche et murmura d'une voix basse.

— Tante Pearl, arrête ! Tu ne fais qu'empirer les choses.

— Les choses ne peuvent pas s'empirer, Cendrine. Nous devons combattre cette malédiction avec tout ce que nous avons. Steve a été la première victime, mais il ne sera pas le dernier.

CHAPITRE 12

Lorsque nous sommes arrivés au Rocklin Mansion, le camion des pompiers, le Westwick Corners Fire Engine No. 1, était déjà arrivé. Il était garé à un angle dans l'allée près du côté de la maison. La Jeep de Tyler était là aussi, garée dans l'entrée circulaire, en face de la maison. Je dirigeai mon SUV jusqu'au bout de l'allée et je me garai hors du chemin des véhicules d'urgence. Les roues avaient à peine cessé de tourner lorsque tante Pearl sauta du siège passager et claqua la porte. Le soleil d'hiver étincelait son survêtement à paillettes violettes alors qu'elle traversait l'allée vers la Jeep de Tyler.

J'arrêtai de respirer, craignant le pire alors que je sortais du siège du conducteur et cherchais le manteau de maman sur la banquette arrière. Je claquai la portière et je courrai après tante Pearl. Pendant que je courais, des voix masculines sortaient de derrière la grande haie de lauriers qui séparait la cour avant de la cour latérale et de la piscine. Probablement les pompiers, travaillant frénétiquement pour réanimer Steve.

Tyler sortit de sa Jeep, parlant en direction de son téléphone portable. Il n'était pas en uniforme, vêtu de façon décontractée, d'une chemise en flanelle, d'un Jean et de bottes de randonnée. Il s'arrêta avec sa veste à la main avant de la remettre à l'intérieur de la Jeep. Nos yeux se rencontrèrent momentanément avant qu'il ne se tourne vers tante Pearl, qui l'avait atteint avec la vitesse d'un sprinter olympique.

Elle avait la moitié de la taille de Tyler, mais elle attrapa son bras avec tellement de force que son téléphone vola hors de sa main alors qu'il trébuchait en arrière.

Elle lui cria à moitié dessus.

— T'as intérêt à régler cette affaire rapidement, shérif. D'autres décès sont sur le point de suivre.

Tyler se pencha pour reprendre son téléphone. Il se releva et se tourna vers tante Pearl.

— Et toi, t'as intérêt à ce que le téléphone soit intact. T'as des informations privilégiées que tu veux partager, Pearl ?

— Où est Ruby, shérif ?

Tante Pearl scanna le terrain.

Tyler marcha calmement vers la Jeep et ouvrit la portière côté passager.

— Elle est assise juste ici.

Maman releva la tête, qui était penchée en avant, et fit un faible signe de la main. Elle pleurait.

Tante Pearl courut vers maman et la tira hors de la Jeep.

— Je dois te surveiller, Ruby, pour m'assurer que tu n'es pas blessée.

J'aidai maman à enfiler son manteau, alors que deux pompiers volontaires émergeaient du côté de la maison et marchaient lentement vers le camion de pompiers. Leur manque de dynamisme ne pouvait signifier qu'une chose. Steve était déjà mort.

Je m'éclaircis la voix.

— Steve McCoy est-il vraiment — ?

Les hommes baissaient la tête, évitant mon regard.

— Il est parti, dit l'aîné.

Tyler toucha mon bras.

— Le médecin légiste est en route.

Les instituts médico-légaux étaient à une heure de route, à Shady

Creek, et je n'avais avisé Tyler qu'il y a quelques minutes à peine. Il se passerait un moment avant que le médecin légiste n'arrive sur les lieux. La peur envahit mon estomac tandis que je regardais les pompiers ranger lentement leur équipement. Peut-être que grand-mère Vi et tante Pearl avaient raison à propos de la malédiction Rocklin. Les chances de se noyer dans une piscine extérieure en plein hiver étaient extrêmement faibles.

D'autre part, nager dans de telles conditions était très inhabituel. Steve avait déjà mentionné son projet d'aller nager dans la piscine en plein air malgré les températures glaciales. Cela laissait entendre qu'il était allé à la piscine de son plein gré, et des variations de température dramatiques pouvaient déclencher une crise cardiaque ou un autre problème de santé, même chez les personnes les plus en forme. Je n'aurais même pas mis un orteil dans une piscine intérieure chauffée, alors je ne pouvais pas m'imaginer une séance d'entraînement consistant à plonger dans une eau glaciale en plein hiver.

Néanmoins, je ne pouvais pas me défaire de mes soupçons d'intervention extérieure. Quelque chose clochait, mais je ne savais pas encore quoi.

Westwick Corners serait maintenant connu pour toujours comme l'endroit où la moitié des Real McCoys a rencontré une mort prématurée. Steve McCoy n'était certes pas le premier vacancier à décéder dans notre ville, mais il serait probablement le dernier. Personne n'oserait plus jamais mettre les pieds ici dès que le bruit aura couru. Sur une échelle de touristes par habitant, notre taux de mortalité était effroyablement élevé.

L'entreprise familiale West et l'activité touristique de la ville, si péniblement construites au fil des ans, étaient vouées à disparaître. D'un autre côté, les émissions de téléréalité étaient la preuve que même les mauvaises nouvelles apportaient de la notoriété, et la renommée valait mieux que l'obscurité.

Tyler me toucha l'épaule et désigna un endroit à quelques mètres de là, hors de portée de voix. Il se racla la gorge.

— Ruby raconte n'importe quoi. Elle dit qu'elle est propriétaire de cet endroit. Depuis quand, Cen ? Elle ne m'en a jamais parlé auparavant.

Je rougis alors que je débattais mentalement pour savoir ce que je devais lui dire ou non.

— Euh… elle… l'a acheté il y a peu de temps. Je ne me souviens pas de la date exacte.

— Tu ne l'as jamais mentionné…

Je l'interrompis la main levée.

— Elle ne nous l'a dit que ce matin.

Tyler leva les sourcils devant ma réponse soudaine.

— Ruby dit toujours que les finances de la pension sont maigres. Cet endroit a dû coûter une fortune. Comment pouvait-elle se le permettre ?

Je me mordis la lèvre en luttant pour savoir combien je devais dévoiler du projet de maman.

— Maman a dit que c'était une bonne affaire et qu'elle avait elle-même mis la main à la pâte pour le rénover. Elle n'osait pas nous le dire parce que tante Pearl s'entête à dire que cet endroit est maudit.

Tyler savait que nous étions des sorcières, mais entrer dans les détails de la malédiction ne semblait pas être la bonne chose à faire. Il ne savait rien non plus de grand-mère Vi, alors je n'ai pas parlé d'elle. Vivre avec une grand-mère fantôme défie toute logique, et Tyler avait maintenant autre chose sur quoi se concentrer.

Tyler hocha la tête.

— Quelle personne saine d'esprit irait se baigner en plein hiver par des températures négatives ? Une noyade accidentelle dans une piscine en plein air au mois de février semble un peu exagérée. Pour une fois, je suis d'accord avec Pearl. Cet endroit est probablement maudit. »

Après lui avoir parlé de l'intention de Steve de se baigner dans l'eau glacée, j'ai cherché tante Pearl, mais elle avait disparu, ainsi que maman. Je me retournai vers Tyler.

— Es-tu d'accord qu'elles se promènent ici sans surveillance ?

— Absolument pas. Elles ont dû aller à la piscine. Il me fit signe de le suivre.

— Tu ne penses pas que c'était un accident, n'est-ce pas ? Steve nous a raconté à maman et à moi qu'il nageait tous les jours.

Tyler haussa les épaules.

— C'est trop tôt pour le dire. Pourquoi penses-tu à autre chose qu'un accident ? Sais-tu quelque chose que je ne sais pas ?

Je racontai brièvement la dispute entre les McCoys, et ce que j'avais entendu entre Lucky et Jason au bar. *

— Honnêtement, je ne sais pas trop. Les McCoys ont dit qu'ils avaient choisi Westwick Corners parce que c'est hors des sentiers battus. Ils ont prétendu que leur voyage était un secret.

— Cela limite le cercle des suspects. Il y a aussi moins de témoins d'un meurtre, si c'est là où tu veux en venir, déclara Tyler.

Je fronçai les sourcils.

— Les vedettes comme les McCoy ont probablement aussi des supporters cinglés, peut-être même des harceleurs. Même si les McCoy n'avaient parlé à personne de leur évasion secrète, quelqu'un aurait certainement pu les suivre jusqu'à Westwick Corners. Oh, encore une chose. Les Real McCoys ont une petite équipe ici. Ils viennent d'arriver à l'auberge ce matin.

Tyler se gratta le menton pensivement.

— Ils filment ici ?

— Steve et Serena ont appelé ça des vacances, mais tu sais comment fonctionnent les émissions de téléréalité. Ils filment et monétisent chaque moment de veille. Peut-être qu'un membre de l'équipe mécontent s'en est pris à Steve ?

— Tu es donc déjà convaincu qu'il s'agit d'un meurtre, Cen, mais s'il te plaît, ne tire pas de conclusions hâtives. Le médecin légiste n'est même pas encore là pour examiner le corps. Pourquoi l'un des membres de l'équipe tuerait-il justement la personne de la téléréalité qui lui donne le chèque de paie ? Si l'émission s'arrête, ils n'auront plus de travail.

— Je-je euh, c'est juste une intuition.

Nous nous arrêtions devant le portail, qui avait été réenclenché. Tyler souleva le loquet et ouvrit le portail qui était solidement vissé sur le côté de la maison et délimité de l'autre côté par une haie de lauriers d'un mètre vingt de haut. La hauteur de la haie permettait de se baigner ou de prendre un bain de soleil en toute intimité, mais permettait également à quiconque se trouvait juste à l'intérieur ou à l'extérieur de la haie de jeter un coup d'œil sur le jardin avant et arrière.

— Pearl vous a toutes mis des bêtises dans le crâne, dit-il en traversant le portail pour chercher maman et tante Pearl qui se trouvaient près de la haie juste à l'intérieur de l'enclos de la piscine.

Il les pointa du doigt.

— Ne bougez plus d'un millimètre à moins que je ne le dise.

Maman hocha la tête en s'excusant, mais tante Pearl ne réagissait pas. Elle se balança sur ses pieds, comme en trance, en murmurant. Je ne pouvais pas distinguer les mots malgré le fait d'être à seulement quelques mètres de distance. Je n'avais pas besoin de les entendre, car je reconnaissais la cadence d'un sortilège. Il était beaucoup trop tard pour tout sortilège de protection, mais tante Pearl avait probablement pensé que cela valait le coup. Elle répéta le sort trois fois, mais ses paroles n'eurent aucun effet.

Elle tapa du pied comme un enfant qui fait une crise de colère.

— Oh, bon sang ! Regarde ce que tu as fait, Ruby ! Mes pouvoirs se sont totalement évaporés, juste comme ça. Tante Pearl claqua des doigts, mais ils ne firent aucun bruit.

— Même mes doigts ne claquent plus.

Tyler soupira, clairement frustré.

— Cen, ramenons-les à l'avant. Quoi que tu fasses, ne regarde pas —!

Il était trop tard ; je m'étais déjà tournée pour regarder. Mes yeux se fixèrent sur une civière au bord de la piscine. Il était complètement recouvert d'une feuille en plastique, mais il n'y avait pas de doute sur les contours d'un corps en dessous. Je haletai. Tyler enroula un bras autour de mon épaule et me retourna.

— Nous allons quitter le lieu du crime pour que rien ne soit touché.

Tante Pearl, hors de sa trance, jura.

— Nous sommes ruinées ! Chacune d'entre nous.

— Tante Pearl pense que la mort de Steve est le résultat d'une malédiction contre notre famille, chuchotai-je à Tyler.

— J'aimerais qu'il y ait une explication plus logique pour la sortir de toute cette pensée de malédiction. J'ai peur qu'elle fasse quelque chose d'extrême.

— Ton explication logique semble avoir sauté directement au meurtre, déclara Tyler.

— Cela pourrait simplement être un accident tragique.

— Peut-être, mais tu vas enquêter sous tous les angles, n'est-ce pas ? Si c'était un accident, tante Pearl blâmerait la malédiction. Si c'est un meurtre, et que le tueur est arrêté, alors il y a une autre explication à la fin tragique de Steve.

— Bien sûr que je le ferai ! Je dois considérer toutes les possibilités. Si c'était une intervention de l'extérieur — et je ne dis pas que je pense que c'est le cas — alors c'était probablement personnel. Une petite ville, loin des regards indiscrets. Quelqu'un qui veut s'en tirer avec un meurtre...

Mes pensées retournèrent à Jason. Sa voiture avait disparu du Witching Post quand je suis partie. Il était en colère contre Steve et Serena, et sa conversation avec Lucky avait semblé suspecte. Jason était en colère comme un enfant gâté, mais était-il capable d'assassiner son père ?

— Allons-y. Allons tous nous asseoir dans ma Jeep pendant que nous attendons la police de Shady Creek et le médecin légiste.

Tyler fit signe à nous toutes de le suivre. Maman monta sur le siège passager avant de la Jeep. Je montais sur la banquette arrière après tante Pearl qui avait déjà attrapé la veste de Tyler déposée sur le siège. Ses dents claquèrent alors qu'elle enfilait la veste de Tyler qui était trop grande pour elle et enfonçait ses mains dans les poches.

Tyler lança le chauffage à plein régime et se tourna sur son siège pour faire face à maman dans le siège passager.

— Ruby recommence au début. Que s'est-il passé ?

Les dents de maman claquèrent en parlant.

— Je suis venue déposer quelques idées d'arrangements floraux pour que Serena les examine. Et j'avais d'autres idées pour le mariage à discuter. Steven et Serena renouvellent leurs vœux, tu sais.

Elle fixa Tyler et me fit un coup d'œil dans le rétroviseur. Je roulai les yeux à l'indice de mariage évident de maman. Je pensai que c'était inapproprié et lourd, compte tenu des circonstances graves qui nous avaient amenés ici. Tyler, apparemment inconscient du signal de maman, dit :

— D'accord, que s'est-il passé ensuite ?

— Steve m'a invité à rentrer. Il disait que Serena était sortie pour faire des courses et qu'il était sur le point d'aller nager. Il me demanda de déposer les idées d'arrangements floraux dans la cuisine, ce que j'ai fait. J'ai griffonné un mot pour Serena, et fermé le robinet d'eau chaude dans la cuisine qui coulait. Puis je suis sortie. Mais en partant, je me suis souvenue que je devais aussi confirmer le menu. J'ai encore appelé Steve. Comme il ne répondait pas, je suis allée à la piscine en plein air pour le chercher. C'est là que je l'ai trouvé.

Maman éclata en larmes.

— Combien de temps es-tu restée là-bas avant de commencer à partir ? demanda Tyler.

La lèvre inférieure de maman tremblait.

— Seulement environ cinq minutes. Je n'arrive toujours pas à croire qu'une minute il était vivant, et puis…

— Cela ne prend que quelques secondes pour se noyer.

Tante Pearl sortit son poing fermé de la veste de Tyler. Elle ouvrit sa paume pour révéler une boîte à bagues. Mes yeux s'écarquillèrent d'horreur.

— Remets-la ! murmurai-je.

Tante Pearl sourit. Elle remit sa main dans la poche de la veste, puis la sortit à nouveau. Cette fois, elle ouvrit la boîte à bagues pour révéler une belle bague solitaire en diamant. Tout aussi rapidement, elle referma la boîte.

Je haletai. Heureusement, Tyler était concentré sur maman et n'avait pas remarqué ce qui se passait sur la banquette arrière.

Les mots de maman sortaient en staccato par des sanglots.

— J'ai, j'ai fait tout ce que j'ai pu — j'ai sauté dans la piscine pour mettre Steve en sécurité. J'ai attrapé son bras et j'ai essayé de le tirer sur le côté de la piscine, mais l'eau était si froide que mes mains ont gelé. J'ai essayé la réanimation, mais au milieu de l'eau, ça ne marche tout simplement pas. J'ai fait de mon mieux, mais c'est un homme de grande taille. Il était tout simplement trop lourd pour le sortir de la piscine. J'ai constaté l'évidence.

— Tu aurais pu utiliser un sort.

Maman soupira.

— J'ai essayé ça en premier, mais rien ne s'est passé. Tous mes pouvoirs ont disparu.

Tyler fronça les sourcils.

— As-tu appelé à l'aide ?

— Oui, murmura maman.

— En fait, j'ai crié, mais personne n'a répondu. Je n'ai ni vu ni entendu personne d'autre. J'étais toute seule.

— Je t'avais prévenue.

Tante Pearl me donna un coup de coude dans les côtes.

— Hé !

Je me penchai en avant, grimaçant de douleur. Je n'avais rien fait pour mériter une telle punition, mais apparemment, j'étais la prochaine meilleure cible après maman, hors de portée sur le siège avant.

Tante Pearl me poussa.

— Tu me crois maintenant, Cen ? Nous n'aurions jamais dû mettre les pieds dans cette propriété. Si nous partons maintenant, peut-être qu'il n'est pas trop tard pour défaire les actions de Ruby et récupérer nos pouvoirs.

Alors que je m'éloignais de tante Pearl, le bouton fermant la taille de mon pantalon se détacha. Je prenais de plus en plus de poids chaque minute. Tante Pearl ricana.

— Miss Piggy.

Je murmurai des gros mots.

— Personne n'ira nulle part jusqu'à ce que je le dise.

Tyler appuya sur le bouton de verrouillage de la portière de la Jeep pour souligner son point de vue.

Le stratagème de maman pour gagner de l'argent fut littéralement maudit. Et moi aussi. Tante Pearl avait volé la bague de fiançailles de Tyler et semblait déterminée à saboter sa demande en mariage. Les choses progressaient rapidement de mal en pis. Nous étions impuissantes comme des sorcières, et la seule chose qui grandissait était mon tour de taille.

Qu'est-ce qui pourrait encore mal tourner ?

CHAPITRE 13

près avoir raconté plusieurs fois la succession des événements, Tyler lui demanda de retourner avec lui à la piscine. Maman hésita, insistant pour que tante Pearl et moi l'accompagnions. Tyler nous fit promettre, à tante Pearl et à moi, de ne toucher à rien. Nous suivions Tyler et maman qui nous précédaient en passant par la porte latérale qui menait à l'espace piscine.

Notre présence sur les lieux d'un crime était complètement inhabituelle, telle que l'étrange transformation de maman. Son discours devint incohérent et elle trébucha en marchant. Tyler avait besoin du témoignage de maman tant que les événements étaient encore frais dans sa tête, mais il avait aussi besoin de notre aide, vu l'état de maman qui se détériorait de minute en minute.

Maman devenait de plus en plus agitée de minute en minute, poussée par les accusations de tante Pearl de réveiller la malédiction. J'essayai d'empêcher tante Pearl d'empirer les choses, mais elle voulait absolument obtenir des excuses de maman.

Tyler fit signe à tante Pearl et à moi de rester près de la porte alors qu'il marchait avec maman vers la piscine. Il se retourna et leva la main.

— Ne bougez pas, et s'il vous plaît, ne regardez rien.

Bien sûr, regarder fut la première chose que nous faisions, dès que le dos de Tyler était tourné. Je suivis tante Pearl au pas. Elle avait l'air ridicule de porter la veste de Tyler qui était une dizaine de tailles trop grandes pour elle. Elle avait retroussé les manches, mais l'ourlet de la veste avait presque atteint ses genoux.

Le panier à muffins de maman était renversé près du bord de la piscine. Une traînée de muffins menait à la piscine, où au moins trois d'entre eux flottaient comme de petites îles sur l'eau fumante.

Tante Pearl saisit mon poignet et serra tellement fort qu'on aurait dit un étau.

— Ça te coupe l'appétit, n'est-ce pas, Cen ?

— Aïe !

J'arrachai mon bras juste au moment où je vis un mouvement à mes côtés. Je tendis le bras pour attraper tante Pearl, mais il était trop tard. En quelques secondes, elle était au bord de la piscine.

— Reviens ici ! Je tentai de parler le plus doucement possible, mais toujours assez fort pour qu'elle m'entende.

Elle m'ignora. Tyler et maman s'étaient déjà dirigés vers les portes battantes qui menaient à la maison. Je ne voyais plus que leur dos ; ils étaient en pleine conversation, ne soupçonnant pas les actions de tante Pearl.

Je courus vers la piscine et murmurai d'une forte voix.

— Tante Pearl, éloigne-toi de la piscine !

TYLER ET MAMAN n'avaient aucune idée de la transgression de tante Pearl. Maman revint sur ses pas en racontant sa chronologie des événements.

Tante Pearl continua à m'ignorer alors qu'elle s'agenouillait près de la piscine. Elle plongea sa main dans la piscine, mouillant la manche de la veste de Tyler. À l'intérieur de sa poignée fermée se trouvait la bague de fiançailles.

— Qu'est-ce que tu fabriques là ? demandai-je.

Elle se leva instablement, perdant presque l'équilibre avant de se restabiliser.

Elle ouvrit sa main et plaça la bague de fiançailles entre son index et son pouce. Elle l'observa dans la lumière et plissa les yeux.

— Je me demande si le diamant est vrai.

— Bien évidemment qu'il est vrai. Remets-ça de suite !

Je courrai vers elle et j'attrapai sa main libre. Je l'éloignai du bord de la piscine.

— Éloigne-toi de la piscine ou je—

— Tu vas faire quoi, Cendrine ? Tu n'es pas du tout à ta place ici, et le shérif non plus. Nous avons affaire à une malédiction mortelle et ton ami n'est pas équipé pour la gérer. Elle arracha sa main de la mienne et s'agenouilla à nouveau sur le bord de la piscine. Elle tendit son bras dans l'eau et le remua avec une main pour créer un courant et rapprocher les muffins flottants.

Je haletai.

— Tante Pearl ! Tu risques de tomber dedans.

Comme sur un signal, tante Pearl vacilla dangereusement au bord.

– Éloigne-toi de là !

— Je, je dois effacer nos traces—

— Quelles traces ?

Je me précipitai vers elle, j'attrapai son bras gauche et je l'éloignai. Elle tomba derrière moi, atterrissant à quelques mètres à côté de la piscine. Malheureusement, cela me fit aussi perdre l'équilibre. Je tombai en avant sur le patio et en même temps, ma main droite plongea dans la piscine.

— Cendrine ! Tu as contaminé le lieu du crime !

Tante Pearl était déjà debout, étonnamment agile. Elle se frotta les mains pour se débarrasser du gel de la terrasse de la piscine.

Elle avait les mains vides. Il n'y avait aucun signe de la bague de fiançailles.

— Où est la bague ? Elle est toujours dans ta poche ?

J'étais toujours au sol, ayant du mal à me relever à cause de ma circonférence en constante expansion et du ciment glacé.

Tante Pearl fit la moue.

— C'est réglé. J'ai fait ce dont j'avais besoin pour nous sauver. Pour ce faire, je dois enlever toutes les traces afin que les Rocklin ne…

Je haletai.

— La bague n'a rien à voir là-dedans. Où est-elle ?

— Hé, éloigne-toi de là ! Tyler se précipita, une expression frustrée sur son visage.

Maman se traîna derrière lui, ses dents claquantes. Je roulai en arrière sur mes fesses et sentis immédiatement le ciment froid brûler mes vêtements. Je me redressai en position assise et secouai l'eau de ma main, qui tremblait déjà à cause du froid glacial. Je m'attendais à plus de chaleur d'une piscine chauffée, même d'une piscine en plein air par une journée froide de février. Je soulevai mes fesses, désormais engourdies, du béton gelé et me poussai en une position debout. Steve était fou de nager par ce temps.

Tyler me tendit sa main et m'aida à me relever.

— Que s'est-il passé ?

— Tante Pearl était sur le point de…

Elle sourit avec les bras croisés.

— J'ai demandé à Cen de rester près de la porte, mais elle n'a pas voulu écouter. Elle a glissé sur le béton glacé et perdu l'équilibre. Heureusement, je l'ai empêchée de tomber à l'eau avant qu'elle ne finisse comme ce type.

Elle pointa la civière du doigt.

Je lui jetai un regard agacé.

— Je ne peux pas vous laisser seules une seconde sans catastrophe.

Tyler pointa le portail du doigt.

— Pearl, emmènes Ruby à la voiture de Cen et réchauffe-la. Cendrine, tu viens avec moi.

J'attrapai le bras de tante Pearl et lui murmurai :

— La bague est dans ta poche, non ?

— Probablement.

— Pourrais-tu au moins vérifier ?

Je me sentais malade à l'idée que la bague se trouvait au fond de la piscine. La bague avait-elle toujours été dans la veste de Tyler ? Ou tante Pearl avait-elle trouvé la bague dans sa Jeep d'une manière ou d'une autre ? Je ne pensais pas qu'elle ferait quelque chose d'aussi drastique, mais je ne pouvais pas non plus imaginer que Tyler soit si négligent au point de laisser une bague en diamant coûteuse dans sa veste.

Il n'y avait rien de plus que je puisse faire ou dire devant Tyler puisque je n'aurais même pas dû avoir connaissance de cette bague. Au lieu de cela, je jetai mes clés de voiture à tante Pearl.

— Mets le chauffage en marche. Il y a une couverture et d'autres vêtements dans le coffre.

Tante Pearl posa ses mains sur ses hanches.

— Pourquoi Cendrine reste—

— Va-t'en, tout simplement.

Tyler la coupa. Il attendit que tante Pearl soit de l'autre côté du portail et se tourna vers moi.

— Qu'est-ce que c'était que cette histoire ?

—Je, je suis désolée. Tout à coup, tante Pearl est allée au bord de la piscine. Elle a perdu l'équilibre et je pensai qu'elle allait tomber dedans, alors je l'ai attrapée. Puis, j'ai perdu l'équilibre. Je baissai les yeux, gênée. Mes fesses avaient même laissé une marque sur le pont glacé de la piscine.

Tyler se frotta le front.

— Elle provoque des ennuis partout où elle va. J'aurais dû la surveiller. Quelque chose… je ne me souviens pas de ce qui… m'a distrait. C'est bizarre… je ne me sens pas très bien.

— Moi non plus, je ne me sens pas très bien.

Mes pensées continuèrent à dériver, et j'avais du mal à me concentrer sur le présent. Tout semblait flou comme un rêve éveillé, bien que cauchemardesque. Peut-être que la malédiction était réelle après tout.

— Hé ! Une voix d'homme s'éleva derrière nous.

Je me retournai pour voir Lucky à côté du portail. Je me précipitai vers lui et bloquai son chemin.

— Tu ne peux pas aller plus loin. Que fais-tu ici ? Tu es censé être barman au Witching Post.

Lucky fronça les sourcils.

— Non, tu m'as dit de venir ici, de prendre des photos. J'ai attendu au bar pendant plus d'une heure, Cen. Tu as oublié de venir me chercher.

— Cette mission était pour demain, pas pour aujourd'hui.

Non seulement Lucky n'avait pas le bon horaire ni la bonne date, mais j'étais à peu près sûre de n'avoir donné aucun détail à Lucky. Je ne lui avais certainement pas donné l'adresse, puisque j'avais prévu de l'emmener. Je n'avais jamais mentionné que la cérémonie avait lieu au manoir Rocklin. Jason aurait pu lui dire, sauf que Jason n'était pas au courant non plus des renouvellements de vœux. Selon Steve et Serena, maman et moi étions les seuls à connaître le secret.

— Qui s'occupe du bar ?

— Pearl, je suppose. Je suis sûr que tu as dit que c'était aujourd'hui.

Je pris une profonde inspiration. Lucky avait foiré la plus simple des instructions que je lui avais données il y a moins d'une heure : demain à treize heures au Witching Post, à reconfirmer. Était-il vraiment aussi stupide, ou y avait-il autre chose qui se passait ? Je revins à la conversation que j'avais entendue plus tôt entre Lucky et Jason au bar. Je ne pouvais pas en être sûr, certes, mais cela me semblait presque criminel. La présence de Lucky était-elle plus sinistre qu'une simple erreur ?

— Non, j'ai bien dit demain. Pearl était avec moi tout le temps, donc tu n'aurais pas pu l'entendre de sa bouche. Tu as au moins fermé le bar à clé avant de partir ?

Lucky était silencieux. Il se tourna et regarda au loin, évitant tout contact visuel. Son regard vide me disait qu'il n'avait rien fait de tout cela. Maman avait raison. L'engager était une erreur coûteuse.

— Il y a eu un changement de programme et nous n'avons pas besoin d'un photographe après tout, dis-je. Je jetai un coup d'œil à la haie qui entourait la piscine. Avec la moitié du couple mort, il y avait fort à parier que le renouvellement des vœux de mariage n'aurait pas lieu.

— Tu es sûre que ce n'était pas aujourd'hui ?

Il voulait juste avoir raison.

— J'en suis sûre, Lucky. J'allais te conduire, tu te souviens ? Ça n'a pas d'importance. La cérémonie est annulée.

Je jetai un coup d'œil sur le parking, mais il n'y avait aucun signe du pick-up de Lucky. La façon dont il s'était rendu au manoir sans véhicule, et sans que je lui donne une adresse, était un mystère.

J'étais tellement furieuse contre Lucky que j'ai été tentée de lui jeter un sort. Un sortilège avait l'avantage secondaire de prouver ou de réfuter l'affirmation de maman selon laquelle ses sortilèges avaient été désactivés lorsqu'elle avait tenté de sauver Steve. Mais cela semblait contraire à l'éthique, alors j'ai décidé de ne pas le faire.

Lucky regarda derrière moi vers la piscine. Puis il se retourna pour regarder les camions de pompiers et la Jeep de Tyler sur le parking. Il se retourna et désigna la civière.

— C'est le mec qui allait se marier ? On dirait qu'il a pris froid au pieds.

CHAPITRE 14

Les heures suivantes ont été très floues. Tante Pearl ramena Lucky à la maison dans mon SUV. Le médecin légiste de Shady Creek et la police de Shady Creek étaient arrivés peu de temps après. La conclusion préliminaire du médecin légiste était que Steven McCoy semblait s'être noyé, mais cela devait encore être confirmé. Une autopsie confirmerait la présence d'eau dans ses poumons, ce qui indiquerait qu'il était vivant lorsqu'il est entré dans l'eau. Sa façon de mourir, qu'il s'agisse d'un accident, d'un homicide ou de quelque chose d'autre, était encore inconnue. Cela ne serait confirmé qu'après l'autopsie. Déterminer la cause du décès pourrait être assez complexe. La présence ou l'absence d'autres blessures, ainsi que des preuves sur les lieux, nécessiteraient toutes une analyse et une évaluation.

Compte tenu des circonstances inhabituelles, les techniciens de la Brigade de Police Scientifique de Shady Creek avaient été appelés et avaient inspecté les lieux, une opération de collecte de preuves par précaution afin d'exclure définitivement - ou d'écarter - l'hypothèse d'un acte criminel avait été lancée. La mort de Steve était-elle un accident tragique, un meurtre, ou y avait-il une autre cause, comme la malédiction de Rocklin ?

J'étais près de la porte de la piscine avec des fesses gelées et douloureuses. Je regardais anxieusement de loin. J'avais un faible espoir que si une bague de fiançailles était vraiment tombée dans la piscine, la police la trouverait sûrement. L'alternative de sa disparition pour toujours était également une possibilité. L'idée me remplit d'effroi. J'inhalai l'air glacial et essayai de me calmer en attendant que Tyler finisse de parler avec les techniciens de la BPS de Shady Creek. Ils semblaient faire leurs bagages sans aucun moment apparent de « ah ha » pour trouver une bague en diamant. Le médecin légiste avait déjà fait enlever le corps de Steve et il était en route pour Shady Creek pour l'autopsie.

Je n'étais pas convaincue que la mort de Steve fût un accident. Je ne croyais pas non plus que c'était la malédiction de Rocklin. Chacune de ces options semblait fausses, mais avec mes pensées encore dispersées, je n'arrivais pas à comprendre pourquoi je pensais de cette façon. Je n'étais pas encore prête à faire part de mes préoccupations à Tyler.

Mis à part l'excentricité évidente de Steve voulant nager dehors un jour glacial de février, il y avait d'autres choses qui me troublaient. Le patio était encore recouvert d'une fine couche de givre de la nuit précédente. Mon empreinte de fesses était encore visible sur le trottoir, tout comme les empreintes de pas de la police, qui étaient confinées à un chemin clairement balisé. Je venais de réaliser qu'avant leur arrivée, il n'y avait pas d'autres empreintes de pas autour de la piscine, y compris aucune empreinte de pas qui aurait pu être faite par Steve. Les seules empreintes visibles étaient celles de maman, évidentes à cause de ses petits pieds ainsi que de la bande de roulement distinctive sur la plante de ses sabots.

Steve était en forme, mais il était grand, assez lourd pour avoir fait des marques sur le béton recouvert de givre. Ses traces auraient dû rester visibles pendant des heures. Pourtant, maman et moi lui avions parlé à l'intérieur de la maison quelques heures plus tôt. Puis maman l'avait revu, quelques minutes seulement avant de le trouver flottant dans la piscine. S'il n'avait pas marché jusqu'à la piscine, comment était-il arrivé là ?

Quelqu'un aurait pu le porter. Cela semblait peu probable puisqu' il aurait fallu deux hommes forts pour le porter. Pourtant, selon maman, elle n'avait ni vu ni entendu personne d'autre à la maison.

La porte arrière avait été fermée mais déverrouillée, mais une fouille approfondie du manoir par la police de Shady Creek n'avait détecté personne d'autre à la maison. Jason s'était disputé avec Steve. Combien de temps auparavant Jason avait-il quitté le parking du Witching Post avant que je remarque que sa voiture avait disparu ? Le départ de Jason au moment de la mort de Steve soulevait la possibilité qu'il puisse être impliqué. Où était passé Jason après avoir quitté le Witching Post ? Les seuls endroits ouverts étaient un magasin d'alimentation, une boutique de vêtements pour femmes et un café, des endroits peu susceptibles de plaire à un gars comme Jason. Ou peut-être qu'il venait d'aller faire un tour en voiture. En tout cas, il n'avait pas d'alibi.

Je revins à la conversation étrange de Jason avec Lucky. Avait-il dit à Lucky où Steve et Serena séjournaient ? Si oui, pourquoi avait-il révélé l'emplacement top secret des McCoy à un étranger ? Les propos de Lucky selon lesquels je lui aurais communiqué de fausses dates semblaient bien boiteux. S'agissait-il d'un mensonge inventé à la hâte pour expliquer sa présence dans la villa - et sur le lieu du crime ? Lucky n'avait pas non plus d'alibi et, plus important encore, aucune raison d'être là.

Mes pensées ont été interrompues par des pneus qui crissaient sur le gravier. Je me retournai et vis un SUV blanc d'une marque de luxe remonter l'allée, puis disparaître de ma vue lorsqu'il tourna dans l'entrée circulaire devant la maison.

Je rejoignis Tyler et lui touchai le bras pour l'avertir.

— Serena McCoy, la femme de Steve, vient d'arriver, murmurai-je.

CHAPITRE 15

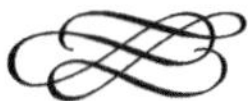

Serena sortit de la banquette arrière de la Mercedes. Elle traversa l'allée jusqu'à l'endroit où Tyler et moi attendions juste à l'extérieur de la porte de la piscine. Elle était passée de ses tenues décontractées antérieures à des jeans de marque brodés et à des bottes en cuir à hauteur de mollet. Un pull angora blanc faisait apparition sous un manteau en fourrure de renard longueur mollet. Elle était toujours parfaitement habillée, que ce soit devant la caméra ou à l'extérieur, mais tout était sur le point de s'effondrer.

Elle agita la main vers la police et les véhicules de pompiers stationnés devant avec une expression confuse sur son visage.

— Qu'est-ce qui se passe ? Que font tous ces véhicules ici ?

— Je te présente Serena McCoy, Tyler. Cela semblait boiteux d'introduire une célébrité de renommée mondiale. Tout le monde savait qui était Serena, y compris Tyler. Elle n'avait pas besoin d'être présentée.

Tyler se racla la gorge.

— Mme McCoy, je crains bien d'avoir de mauvaises nouvelles.

Serena se retourna, à la recherche de quelque chose qui clochait. Ne voyant rien d'évident, elle croisa les bras et se mit à pester.

— Qu'est-ce que Jason a encore fabriqué ? Ce gamin est tellement prétentieux. Je paierai les dégâts, mais ne le dites pas à —.

— Ce n'est pas Jason, madame.

Tyler garda sa voix neutre.

— Laissez-nous entrer et je vous expliquerai.

Serena hocha la tête.

— Est-ce que Steve le sait déjà ?

— C'est de ça dont je dois vous parler, Mrs McCoy.

Tyler touchait son bras.

— Il y a eu un accident. Votre mari est décédé.

* * *

QUELQUES HEURES PLUS TARD, après un saut à la maison pour nous changer et mettre des vêtements secs, maman et moi sommes retournés au manoir Rocklin. Selon Tyler, Serena avait insisté sur notre présence.

La police de Shady Creek avait, à la demande de Tyler, examiné la propriété, recueilli des preuves pertinentes et nettoyé la maison. En tant que seul gardien de la paix en ville, Tyler s'appuyait fortement sur les ressources médico-légales et d'enquête d'une plus grande ville. Mais l'enquête proprement dite et ses conclusions étaient en fin de compte la responsabilité de Tyler.

L'arrivée des McCoy étant si récente, il n'y avait, selon la police de Shady Creek, pas grand-chose à examiner sur les lieux du crime. Néanmoins, il semblait que l'on avait rapidement opté pour une cause de décès inhabituelle, quelle qu'elle soit. La police était-elle pressée ou avait-elle été mise sous pression par un décès très médiatisé ? Quelle qu'en soit la raison, cela n'inspirait pas confiance.

Maman et moi entrâmes dans la villa et nous arrêtâmes devant la porte du salon. Le salon, spacieux et élégant, semblait maintenant caverneux et froid, malgré le feu flamboyant qu'Abby, l'assistante de Serena, avait allumé.

Tyler nous fit signe de nous installer à côté de lui sur l'un des deux canapés bordeaux surdimensionnés. Maman était assise à côté de

Tyler et moi à côté de maman. Serena et Abby étaient assises en face de nous sur un canapé assorti. Au centre se trouvait une table basse en acajou massif de forme carrée, sculptée du même motif de roses et de feuilles entrelacées que le manteau de la cheminée et d'autres accents en bois dans toute la maison.

Abby passait son bras protecteur autour de l'épaule de Serena, comme une amie qui la soutenait et non pas comme l'employée qu'elle était. Le visage de Serena, inondé de larmes, était rougi d'un pourpre profond. Elle se balança d'avant en arrière et baissa les yeux sur ses genoux, évitant tout contact visuel et ayant l'air totalement brisée. Je m'agrippai à l'accoudoir en velours du canapé, je me sentis mal à l'aise et je souhaitai être ailleurs.

L'atmosphère amicale de notre première rencontre s'était dissipée et avait été remplacée par une ambiance à la fois triste et hostile. C'était très inhabituel pour maman et moi d'être présents pendant que Tyler apportait des mauvaises nouvelles au conjoint d'une victime, mais Serena avait insisté pour que nous soyons présents. Comment lui dire non ? Je frissonnai devant les grands titres qui seraient probablement publiés à propos de la cérémonie condamnée de renouvellement des vœux « jusqu'à ce que la mort nous sépare ». Il y avait de fortes chances que ce soit intégré à la série, car la mort de Steve ne pouvait pas rester inexpliquée ou non confirmée. C'était une émission de télé-réalité après tout, et l'une des deux stars était soudainement morte. Son histoire serait racontée quoi qu'il arrive. Je ne voyais pas d'équipe de tournage, mais je me sentais toujours sur le qui-vive. Des caméras cachées nous enregistraient-elles en ce moment ? Ou peut-être que j'étais tout simplement paranoïaque.

Tyler avait accepté à contrecœur la demande de Serena pour notre présence. Il nous a donné des instructions strictes de ne pas commenter ou répondre à des questions. Notre travail consistait à rester assises sans rien dire. Nous avons donc fait de notre mieux pour être des accessoires de scène tranquillement assis sur un canapé. J'espérais que notre collaboration permettrait à maman et à Westwick Corners en général d'éviter toute culpabilité ou plainte.

Serena s'est effondrée dans le canapé d'en face, avec un air pitoyable.

— Non, non, non ! Il ne peut pas être…

Elle gémit et couvrit sa tête avec ses mains.

— Serena n'est toujours pas en état de parler, déclara Abby.

— Pouvons-nous reprogrammer pour plus tard ?

Tyler secoua la tête.

— Non. Ça doit être maintenant.

Les yeux d'Abby brillèrent de colère parce qu'il l'avait expédiée de la sorte.

Tyler jeta un coup d'œil à Serena, qui hocha la tête avec lassitude pour exprimer son accord.

— Je veux qu'Abby reste, dit Serena. Elle est mon assistante de confiance. Tout ce que je sais, elle le sait. Je lui raconte tout, et en détail. Dites-moi ce qui est arrivé.

Tyler prit une profonde inspiration.

— Ruby est venue avec des échantillons de compositions florales. Steven lui a demandé de les déposer dans la cuisine. Mais lorsqu'elle l'a appelé un moment plus tard, sans obtenir de réponse, elle l'a trouvé dans la piscine, incapable de répondre.

— Je n'arrive pas à croire qu'il se soit noyé. Quel terrible et tragique accident !

Abby secoua la tête.

— Il semble qu'il se soit noyé, mais nous ne pouvons pas encore l'affirmer avec certitude, déclara Tyler. Le médecin légiste le confirmera dès qu'il aura fait l'autopsie.

— Je suis vraiment désolée, Serena. S'il y a quoi que ce soit d'autre que nous pourrions faire, dit maman en larmes.

Je lui caressai la main et murmurai.

— Nous ne sommes pas censés parler, tu te souviens ?

Maman me prit la main en retour et se tut.

Abby se leva et se tourna vers Serena.

— Je vais appeler le publiciste et l'agent. Nous devons prendre de l'avance.

Elle remarqua l'expression perplexe de maman.

— Limiter les dégâts avant que les tabloïds ne tournent leur propre version des événements, ajouta-t-elle. S'il vous plaît, pas un mot de tout cela à qui que ce soit.

Les tabloïds seraient-ils impitoyables au point de rendre sensationnelle une mort tragique ? C'était la première chose qui m'avait traversé l'esprit. La deuxième chose était la malédiction de Rocklin. Quelle était la probabilité d'une tragédie pour les premiers hôtes du manoir ?

Abby était déjà au téléphone en train de prendre des dispositions lorsque la porte d'entrée s'ouvrit.

— Regardez qui j'ai vu rôder autour de la maison. L'homme imposant et musclé qui attendait à la porte du couloir était le même homme que celui qui avait assisté à l'enregistrement de l'équipe à l'auberge. À côté de lui se trouvait tante Pearl, qui paraissait petite et maigre en comparaison.

L'expression coupable de son visage m'a immédiatement rendue méfiante. Elle craignait la malédiction, mais elle était quand même retournée au manoir. Elle mijotait certainement quelque chose, mais quoi exactement, c'était un mystère.

Maman sauta de son siège.

— Pearl ! Tu es censée être au comptoir du Witching Post.

— Je suis venue vous chercher toutes les deux avant qu'il ne soit trop tard. Elle se balançait nerveusement d'un pied sur l'autre.

Tyler se retourna et lui jeta un regard questionnant.

— Trop tard pour quoi faire ?

Personne ne répondit. Tante Pearl se concentra sur maman, et moi, à mon tour, je me concentrai sur l'homme dans l'embrasure de la porte. Maintenant, je me souvenais où je l'avais déjà aperçu avant. Il avait joué quelques rôles muets dans des épisodes de Real McCoys. Il était difficile d'oublier sa taille et ses yeux verts pénétrants.

Serena s'éclaircit la gorge C'est Danny Nastasio, mon chauffeur. Il était avec Abby et moi quand nous avons fait les courses tout à l'heure.

Danny confirma d'un signe de tête. Il s'approcha et se plaça au bord du canapé, à côté de Serena.

Vous étiez tous les trois ensemble pendant tout ce temps ? demanda Tyler.

Serena hocha la tête. Danny est resté dans la voiture pendant que nous faisions nos courses, mais il était garé juste devant et il attendait là tout le temps. Nous y sommes restés quelques heures, n'est-ce pas, Abby ?

Abby mit sa main sur son téléphone.

— C'est exact. Bunny a dit que nous étions ses seuls clients aujourd'hui, donc je suis sûr qu'elle se souviendra de nous.

— Je l'espère bien. Cette femme est un peu distraite et confuse, dit Serena.

— Elle ne m'a fait payer que la moitié et m'a ensuite rendu trop de monnaie. Si j'ai acheté une tenue, c'est parce que j'avais pitié de cette pauvre femme. Les vêtements dans cette boutique ont au moins dix ans. Pas étonnant que son magasin perde de l'argent. Le mieux serait qu'elle vende son magasin et qu'elle prenne sa retraite.

Ma robe provenait de Bunny's Key to Fashion. Il est vrai qu'une grande partie de son inventaire avait depuis longtemps dépassé son âge d'or, mais ma robe était d'un style classique, un trésor trouvé. Soudain, j'ai douté de moi-même. Cette magnifique robe en perles, trop petite pour glisser sur mes fesses, était-elle démodée ?

Pearl attendait toujours dans l'embrasure de la porte.

— Regarde ce que tu as fait, Ruby !

La lèvre froide de maman tremblait et elle était au bord des larmes.

— Qui êtes-vous et pourquoi êtes-vous encore là ? demanda Serena.

— Voici Pearl West, ma tante. Elle est venue ici parce qu'on a besoin de nous à l'auberge Westwick Corners. Si ça ne vous dérange pas, nous rentrons.

J'espérais que mon mensonge nous donnerait une excuse pour laisser Tyler mener un entretien approprié. En plus, je me demandais ce que faisait l'équipe de Serena à l'auberge. Lucky s'était éloigné sans permission, tante Pearl était ici avec maman et moi. Il ne restait plus que grand-mère Vi. Plus important encore, cela laissait nos clients sans nourriture et sans surveillance.

— Ruby, tu vas avec Pearl et je ramènerai Cen à la maison plus tard, intervint Tyler.

— Cen va prendre des notes.

Je me tournai vers Serena pour attendre son objection. Elle haussa les épaules avec indifférence.

Je sortis mon stylo et mon cahier et je regardai une page blanche. J'espérai pouvoir utiliser certaines de mes notes pour un article, mais je devrais d'abord mettre cela au clair avec Tyler. Les articles de sensation n'étaient pas mon fort, mais cela s'annonçait comme une méga production. Des renouvellements de vœux secrets et des accidents sinistres dans une petite ville mystérieuse étaient l'idéal pour des tourne-pages à suspense.

Serena trouverait presque certainement un moyen d'intégrer cela dans son spectacle. Une fois qu'elle l'aura fait, je serais libre de publier un article à ce sujet. Je n'avais signé aucun accord de non-divulgation et n'avais pas l'intention de le faire. Les choses venaient de devenir beaucoup plus intéressantes.

— Qu'est-ce que c'est que ça, bon sang ?

Jason McCoy se tenait dans l'entrée du salon, la porte d'entrée grande ouverte derrière lui.

Serena tamponna ses yeux avec un mouchoir.

— Jason, j'ai quelque chose à te dire. Assieds-toi.

Il la regarda d'un air méfiant.

— Pourquoi ? Où est papa ?

Serena se tourna vers Tyler.

— Dites-lui. Je n'ai pas le cœur à le faire.

CHAPITRE 16

Après avoir transmis la mauvaise nouvelle à Jason, Tyler demanda à Jason de rendre compte de ses allées et venues au cours des dernières heures.

— Je suis allé au Witching Post pour prendre un verre. Le barman se souviendra de moi parce que je lui ai laissé un très beau pourboire.

Jason se tenait devant la cheminée, se déplaçant d'un pied à l'autre.

— Où êtes-vous allé après ça ? demanda Tyler.

— Je suis venu ici direct. C'est tout ? Il jeta un coup d'œil vers le hall comme s'il préparait son évasion.

Je me suis souvenue que la Porsche de Jason n'était pas garée à l'extérieur du Witching Post quand j'avais quitté l'auberge, et qu'il n'était pas vraiment un conducteur lent. Il mentait presque certainement.

— Quelqu'un peut-il le confirmer ? demanda Tyler.

Jason me jeta un coup d'œil avant de répondre.

— Le barman.

— Qui s'occupait du bar ?

Jason haussa les épaules.

— Je ne connais pas son nom, mais je suis sûr que vous êtes assez intelligent pour le trouver. Je serai en haut. Il passa devant nous dans le hall sans autre mot.

Après son départ, Serena nous raconta que Jason avait eu une dispute avec Steve le matin même.

— Ruby et Cendrine étaient là aussi et ont été témoins de tout ça. Il est parti en rage, furieux parce que nous avons refusé de lui donner plus d'argent. Il n'a jamais travaillé pour quoi que ce soit de sa vie. Steve a payé pour sa voiture de sport chère, et nous avons financé sa dépendance à la drogue aussi. Nous l'avons finalement exclu de l'émission à cause de sa dépendance.

— Pensez-vous que Jason nuirait à Steve ? demanda Tyler.

— Quoi ? Non ! Bien sûr que non.

Serena renifla.

— Jason est un enfant riche gâté. Il se comporte souvent de façon excentrique et demande toujours de l'argent, mais tuer Steve ? C'est comme tuer l'oie d'or.

— Steve avait-il des ennemis que vous connaissiez ? Quelqu'un qui voulait lui faire du mal ?

Tyler étudia Serena de près.

— Je, je ne pense pas. Au moins pas assez pour le tuer, déclara Serena.

— Je pensais que vous aviez dit que c'était un accident ?

Tyler secoua la tête.

— Je n'ai jamais dit cela. La conclusion préliminaire sur la raison de sa mort est la noyade, mais la façon dont cela s'est passé exactement doit encore être confirmée par le médecin légiste.

Abby l'interrompit.

— Ce qui veut dire que c'est un accident.

— Il est trop tôt pour le dire, déclara Tyler alors que son téléphone bourdonnait.

Il écouta l'appelant et grogna quelques mots en réponse. Il remit le téléphone dans sa poche, un regard troublé sur son visage.

— Est-ce que ça va ? demanda Abby.

Tyler se leva et me fit signe de le suivre.

— N'allez nulle part sans me demander mon accord. Je vous contacterai plus tard cet après-midi.

CHAPITRE 17

Tyler nous avait rejoints pour un dîner tardif à l'auberge. Nous mangeâmes dans la cuisine, après quelques heures chargées à préparer et servir le dîner à nos invités dans la salle à manger. Au moment où nous avions mangé et nettoyé, il était vingt heures. Maman et tante Pearl étaient déjà allées au Witching Post pour s'occuper du bar et servir des boissons.

Alors que nous marchions sur la courte distance jusqu'au bar, nous passâmes devant la Porsche de Jason. Il était adossé à un endroit près de l'allée, prêt pour une escapade rapide. Il y avait aussi d'autres véhicules, y compris la Mercedes blanche de Serena.

Nous sommes entrés dans le bar et l'avons trouvé rempli d'une équipe à moitié ivre. Serena et compagnie étaient également présentes. Heureusement, ils avaient obéi à Tyler de ne pas quitter la ville.

Abby était sur le podium qui était normalement prévu pour la musique live et débriefait tout le monde sur la mort tragique de Steve. Il n'y avait pas grand-chose à dire, du moins pas officiellement.

J'attendais avec impatience que Tyler me renseigne sur la dernière mise à jour de la ML. Nous étions assis à une petite table située dans un coin calme du bar, à distance des autres tables. Personne ne pouvait écouter notre conversation, et de notre point de vue, nous pouvions voir quiconque s'approcher.

— C'est beaucoup mieux, déclara Tyler.

— C'est assez bruyant pour que personne n'entende notre conversation.

Maman, derrière le bar pour aider tante Pearl, nous a repérés et a souri.

Tyler lui fit signe, puis se retourna vers moi.

— La ML a dit qu'elle n'avait trouvé aucune trace d'eau dans les poumons de Steve, indiquant qu'il ne s'était pas noyé. Les victimes de noyade ont de l'eau dans les poumons. Ils meurent par asphyxie, car l'air de leurs poumons est remplacé par de l'eau. Ils suffoquent parce qu'ils ne peuvent plus respirer.

Je haletai.

— Steve était déjà mort quand il est entré dans l'eau ?

Tyler hocha la tête.

— Steve est mort d'un traumatisme contondant. Soit il a été frappé à la tête, soit il est tombé et s'est cogné la tête. Mais je ne pense pas qu'il soit tombé sur le pont de la piscine. La taille et l'emplacement de sa blessure rendent cela peu probable. La ML croit qu'il a été frappé sur le côté de la tête avec un gros objet contondant, peut-être une arme quelconque.

— Elle pense que c'est un meurtre ? chuchotai-je.

— Elle n'est pas allée aussi loin. Elle a jugé qu'il s'agissait d'une cause de décès indéterminée en raison d'un traumatisme contondant à la tête. C'est aussi loin qu'elle ira, car aucune arme du crime n'a été trouvée et il n'y avait aucun signe évident de lutte non plus. Elle ne peut pas dire avec certitude s'il s'agit d'un homicide à moins que d'autres preuves ne le prouvent. Ses choix étaient accidentels, homicides, causes naturelles, telles qu'une crise cardiaque ou un accident vasculaire cérébral, suicide ou indéterminés.

— C'est tout ? Pas d'avantage d'enquête ?

Je sirotai ma boisson zéro calorie alors que mon estomac grognait.

— Je n'ai pas dit ça. Je dois encore vérifier les alibis et les motivations possibles de tout le monde. Mais la fenêtre de temps étroite élimine presque tout le monde, si Ruby a vu Steve quelques minutes seulement avant sa mort.

Maman se tenait à côté de moi et m'écoutait tranquillement. Elle tira une chaise et s'assit.

— Tu penses que Steve a été tué ?

— Ce n'est qu'une des nombreuses possibilités, mais nous ne pouvons pas l'exclure, déclara Tyler.

Maman prit une profonde inspiration.

— Je suppose que je ne l'ai pas dit clairement avant, mais euh… je n'ai pas vraiment vu Steve. Je l'ai seulement entendu. J'ai frappé plusieurs fois avant qu'il ne me dise d'entrer et de laisser les échantillons d'arrangement floral sur le comptoir de la cuisine, ce que j'ai fait. Au moment de partir, je me suis souvenue que j'avais des questions concernant le menu qui ne pouvaient pas attendre. Cela semblait idiot de crier d'avant en arrière, alors je suis juste allé à la piscine parce que je savais qu'il nageait. Je ne comprends pas comment il a pu être vivant un moment et mort le suivant.

— Es-tu certaine que c'était à Steve que tu parlais ? demandai-je.

— Tu as reconnu sa voix ?

— Je crois que c'était lui, oui. Je ne l'ai rencontré qu'une seule fois en réel, mais je regarde cette émission depuis des années. Je suis sûre que c'était sa voix. D'un autre côté, je ne m'attendais pas à ce que quelqu'un d'autre se fasse passer pour lui, alors je n'y ai pas réfléchi.

Maman ouvrit largement ses yeux.

— Tu penses que quelqu'un d'autre était là ?

Tyler posa sa main sur celle de Ruby.

— Je ne sais pas encore, mais je vais le découvrir.

Maman se tourna vers moi.

— Cen, pas un mot de tout cela à Pearl. Elle fera quelque chose de radical s'il s'avère que la voix que j'ai entendue n'était pas vraiment Steve. Elle blâmera la malédiction.

— Pas un mot de ta part à qui que ce soit, Ruby, dit Tyler.

Je fis oui de la tête.

— Est-ce que ça aurait pu être Jason qui t'a parlé, maman ? Sa voiture était déjà partie du parking du Witching Post quand tu as appelé. Il ressemble un peu à Steve. Il aurait pu mentir sur l'endroit où il se trouvait. Sa voiture était-elle encore garée au Witching Post quand tu es parti ?

Maman fronça les sourcils.

— Je pense qu'elle n'était plus là lorsque je suis sortie. Je ne me souviens pas l'avoir vu, mais j'étais tellement concentré sur l'envoi des échantillons de fleurs aux McCoys que je ne faisais pas vraiment attention.

— Qui d'autre avait accès à la maison ? demandai-je.

— Plus nous pouvons exclure de personnes, plus il est facile de restreindre la sélection. Danny, le chauffeur de Serena, avait probablement aussi accès à la maison.

Maman secoua la tête.

— Je leur ai donné deux jeux de clés, mais Danny conduisait Serena et Abby pour faire du shopping, tu te souviens ? Ils avaient probablement pris une clé. Ils étaient chez Bunny's Key to Fashion. As-tu déjà parlé à Bunny ?

Tyler hocha la tête.

— Elle a tout confirmé. Mais j'aimerais avoir quelque chose de plus qu'un témoignage oculaire. Ils sont souvent peu fiables, et je ne veux exclure personne à ce stade.

— Quoi, suis-je une suspecte ?

Maman ouvrit largement ses yeux.

— En théorie, oui. Cependant, Steve était presque vingt centimètres plus grand que toi. Sauf si tu étais debout sur une échelle ou une marche ou quelque chose comme ça, tu n'aurais pas été assez grande pour le frapper à la tête. C'était aussi un coup important, fait par une personne assez forte.

— Tu penses que je suis petite et faible ?

Il était difficile de dire si maman était sérieuse ou si elle donnait simplement du fil à retordre à Tyler.

Tyler ne pouvait apparemment pas le dire non plus.

— Bien sûr que non, Ruby. Tu es l'une des personnes les plus fortes que je connaisse. Je n'ai encore complètement exclu personne, y compris toi. Mais, compte tenu des preuves jusqu'à présent, je me penche dans une autre direction.

— En parlant d'autres directions, je ferais mieux de retourner à l'auberge et de vérifier si Pearl a nettoyé toutes les chambres pendant que nos clients sont encore ici au bar.

Maman glissa sa chaise en arrière et se leva fatiguée.

— La journée a été longue.

Une fois que maman était hors de portée de voix, Tyler se pencha plus près.

— Parlons des motivations. Le conjoint est le tueur au moins quatre-vingts pour cent du temps. J'ai découvert que Steve et Serena avaient souscrit de grosses polices d'assurance vie l'un sur l'autre il y a quelques mois. Un glissement et une chute mortels entraînant la mort accidentelle doublent le paiement.

J'étais dubitative.

— Ils sont très riches grâce à leur émission de télé-réalité, donc ils n'ont pas besoin d'argent. Et sans Steve, il n'y a plus de spectacle Real McCoys. Ça n'a aucun sens en ce qui concerne les finances. En plus de cela, ils semblaient être tellement amoureux.

— Tu plaisantes, Cen. Ils se chamaillent constamment à chaque épisode.

— Tu as vu l'émission ?

— Tout le monde l'a déjà vu au moins une fois. J'aimerais pouvoir le nier. C'est complètement ridicule.

— C'est juste la vie en version exagérée. C'est l'effet de choc qui rend cette émission populaire auprès de tout le monde. Dans la vraie vie, ils sont vraiment mignons et terre à terre, dis-je.

Tyler se mit à rire.

— Tu es tellement impressionnée par leur statut de célébrité que tu ne regardes pas les choses objectivement. Je ne te traiterais jamais comme ils se traitent mutuellement à l'écran, même si tout cela n'est que du cinéma.

— C'est juste pour l'audimat.

Je soupirai.

— Cela rend — ou aurait rendu — leur cérémonie de renouvellement des vœux d'autant plus romantique.

— Tu trouves ça romantique ? Ben, attends alors demain soir. Tyler tendit la main de l'autre côté de la table et attrapa la mienne. — Je vais te surprendre.

— J'ai hâte.

En réalité, j'avais la trouille. Très peur que tante Pearl ne trouve pas la bague de fiançailles à temps pour la remettre dans la poche de Tyler. Les bagues en diamant étaient onéreuses, mais notre relation était inestimable, et je ne pouvais pas supporter de la détruire.

CHAPITRE 18

J'attendais au bar pendant que tante Pearl remplissait nos verres.

— Aurais-tu par hasard retrouvé la bague, tante Pearl

— Débarrasse-moi de ces gens et j'aurai peut-être le temps de la chercher.

Elle posa les deux verres si fort sur le comptoir que le contenu déborda.

— Ce serait mieux pour toi si tu la trouvais. Et tu ferais mieux de ne pas t'immiscer dans l'enquête.

Tante Pearl frotta un endroit imaginaire sur le bar.

— Ne me menace pas, Cendrine. Je fais ce que je peux quand je suis prêt à le faire. La cupidité de Ruby a entraîné tout cela. Parle-lui. Peut-être qu'il n'est pas trop tard pour inverser la malédiction.

Je n'avais pas de bonne réponse, alors j'ai pris les deux verres et je les ai ramenés à notre table.

— Je retombe toujours sur Jason, dis-je à Tyler.

J'ai expliqué le décalage entre le créneau horaire de Jason et sa voiture disparue, alors que je quittais la pension pour me rendre au manoir Rocklin.

Tyler hocha la tête.

— Jason avait plusieurs motivations, mais pourquoi aurait-il laissé Serena, sa belle-mère, en vie ? Il aurait probablement hérité de tout s'ils étaient morts tous les deux. Au lieu de cela, elle hérite de tout.

— C'est vrai, si c'était prémédité, dis-je.

— Peut-être a-t-il tué son père dans un coup de colère.

Nous avons passé la prochaine heure et demie à examiner soigneusement les détails. L'affirmation de Serena et Abby selon laquelle elles faisaient du shopping ensemble au moment de la mort de Steve avait été confirmée, de sorte que les deux avaient un alibi. Serena et Abby avaient fait des achats chez Bunny's Key to Fashion, tandis que Danny attendait devant le magasin pour rencontrer les deux femmes ainsi que Bunny, la propriétaire du magasin, qui avait confirmé l'alibi des trois.

— Ils se fournissent tous un alibi entre eux, mais crois-tu à leur histoire ? demandai-je.

Tyler haussa les épaules.

— Peu importe ce que je crois, si l'alibi est vrai. Bunny a tout confirmé, mais je dois toujours vérifier les caméras. Par chance, le magasin de Bunny se trouvait dans Main Street, et certains magasins étaient équipés de caméras de surveillance. Les images confirmeraient ou contrediraient leurs déclarations. Ce n'est qu'une question de temps pour vérifier les images des caméras.

— La confirmation de Bunny n'est pas aussi fiable, car sa mémoire n'est plus aussi bonne.

Bunny en était aux premiers stades de la démence. Elle tenait toujours le magasin parce qu'elle l'aimait, mais seulement quelques heures par jour et avec beaucoup d'aide. Des amis de confiance venaient prendre un café et discuter avec elle, mais elle ne vendait que très peu. Bunny pouvait se permettre de fermer le magasin et de prendre sa retraite, mais il restait ouvert parce que c'était sa raison de vivre. Cela lui donnait un but.

— C'est vrai, dit Tyler.

— J'ai appelé Gertie pour confirmer, mais elle est partie en croisière dans les Caraïbes. Personne d'autre n'était en mesure de la remplacer, si bien que Bunny travaillait seule dans le magasin. En général, Gertie aidait Bunny pendant la semaine. Elle sera stupéfaite quand elle reviendra de sa croisière et découvrira tout ce qu'elle a manqué.

— La ML détermine l'heure de la mort de Steve à une heure avant la découverte de Ruby, dit Tyler.

— Cela reposait sur le contenu non digéré de son estomac. Bien sûr, nous le savions déjà, mais cela confirme les dires de Ruby. C'est un laps de temps tellement court qu'il est difficile de trouver quelqu'un qui commet le meurtre et qui ne laisse pas de traces. Ruby et toi avez vu Steve vers dix heures du matin en compagnie de Serena. Peu après que Serena, Abby et Danny soient partis faire des courses, Ruby revient vers onze heures trente et parle à quelqu'un qui ressemble exactement à Steve. Quelques instants plus tard, Ruby découvre Steve mort dans la piscine.

— C'est une toute petite plage de temps pour un tout petit nombre de personnes qui ont à la fois les moyens et la possibilité de le tuer, approuvai-je.

Tyler hocha la tête.

— Cela devrait être facile à trouver.

— Mais il pourrait y avoir une autre explication. Peut-être que quelqu'un les a suivis ici ?

— Comme un harceleur ? demanda Tyler.

— Possible. Mais cela semble plus personnel que circonstanciel. En supposant qu'il s'agisse vraiment d'un meurtre et pas seulement d'un accident tragique.

Tyler hocha la tête.

— Regardons ça d'un autre œil. Nous devons exclure la mort accidentelle. Ruby a fait un excellent travail de rénovation, mais le manoir Rocklin est vieux et plein de dangers. Certains pavés sont irréguliers, et le patio est très glissant, car il est recouvert de givre. Le froid serait même douloureux. Pourquoi quelqu'un marcherait-il pieds nus sur une terrasse en ciment glacée par des températures négatives ?

— Steve portait des tongs quand nous l'avons vu ce matin. J'en suis sûre. A-t-il oublié ses tongs en sortant ?

Tyler secoua la tête.

— Ruby n'a pas vu ses tongs près de la piscine, et la police de Shady Creek n'a rien trouvé à l'intérieur ou à l'extérieur de la maison.

— La distance entre la porte et le bord de la piscine est d'au moins six mètres, dis-je.

— Steve a dû marcher pour se rendre à la piscine. Chaussures ou pas, il n'a laissé aucune empreinte. Le patio était couvert de givre, alors pourquoi n'y avait-il pas d'empreintes laissées par ses pas alors qu'il se dirigeait vers la piscine ?

Je me souvenais de mes fesses et de ma chute de tout à l'heure. Mes fesses avaient laissé une empreinte visible, alors pourquoi pas les pas de Steve ? Steve, un homme qui fait bien deux fois ma taille, aurait été incapable de marcher sur la surface glacée sans laisser de trace.

Tyler se gratta le menton pensivement.

— Tu as raison sur ce point. Aucune trace de pas de la porte de la terrasse à la piscine. Rien d'autre. Pas de traces de roues on plus, si jamais on l'a transporté jusqu'ici. C'est un homme de grande taille, je doute donc qu'une seule personne ait pu le porter sans aide. La température a été inférieure à zéro toute la journée, donc la glace n'aurait pas pu fondre et geler à nouveau.

— Peux-tu avoir un accident avec absolument aucune trace autour de la piscine ? Aucun signe de glissade et de chute ?

— Je ne le pense pas. L'absence de choses qui devraient être là n'indique-t-elle pas une sorte de jeu déloyal ?

Nous restâmes assis en silence pendant quelques minutes, entourés par le vacarme croissant des voix, certains des clients s'enivrant.

— Bien vu, Cen, dit Tyler.

— Disons pour l'instant qu'il s'agit d'un meurtre. Serena insiste sur le fait que personne d'autre que les acteurs et l'équipe de tournage ne savait que les McCoy étaient en ville, mais quelqu'un de la région aurait pu être assez curieux pour fouiner. Peut-être qu'ils ont vu des signes d'activité au manoir et qu'ils sont entrés dans la propriété. Ils ont été surpris par Steve, puis les choses ont mal tourné.

J'étais un peu sceptique.

— La plupart des gens pensent que le manoir Rocklin est frappé d'une malédiction et craignent même de passer devant, et encore plus de pénétrer dans la propriété. S'ils avaient été curieux, la porte de sécurité et la clôture les auraient arrêtés. Je n'ai vu aucun signe d'effraction.

Tyler soupira.

— Un intrus aurait pu escalader la clôture, même par-dessus ces hautes épines. Cette intrusion aurait bien sûr été immortalisée par les caméras de surveillance, qui j'espère fonctionnent toutes. Les caméras couvrent la majeure partie de la propriété, mais il y a quelques angles morts. Je suis en train de visionner les images.

— Mon sixième sens me dit qu'il s'agit de quelque chose de personnel, dis-je.

— Le tueur savait que Steve était dans le manoir et y avait accès de la même manière. Des gens tués pour leur profit personnel. Les tueurs à gages le faisaient pour l'argent, mais, comme ils étaient engagés par quelqu'un, c'était à nouveau personnel d'une certaine manière. Les amis, la famille et les associés avaient souvent plusieurs motivations. L'argent et le pouvoir, l'ego, les secrets, la jalousie et la peur poussaient même les gens ordinaires à commettre les crimes les plus odieux. Il y avait probablement quelques personnes qui pouvaient s'en prendre à Steve McCoy.

Tyler hocha la tête.

— Presque personne n'avait accès au manoir, et donc la possibilité de tuer Steve.

— Serena, Jason, Abby, Danny le chauffeur. Et ta maman.

— Maman ne tuerait pas un de ses clients.

Il leva la main en signe de protestation.

— Je sais qu'elle n'est pas une tueuse et qu'elle n'est pas physiquement capable de tuer quelqu'un qui fait deux fois sa taille. D'un autre côté, elle est la dernière personne à l'avoir vu vivant. J'ai également une relation proche et personnelle avec ta mère, et je dois être objectif. J'ai besoin de preuves pour l'exclure définitivement.

Tyler avait raison. Il était — au moins c'est ce que j'espérais — le futur gendre de maman. J'ai prié pour que la bague de fiançailles revienne dans la poche de la veste de Tyler. Il portait maintenant une autre veste. Peut-être n'avait-il pas encore remarqué que la bague manquait à sa veste sur la banquette arrière de la Jeep.

— Je pense toujours que Jason cache quelque chose. Il s'est battu avec Steve et Serena pour l'argent, et il a récemment été viré de la série. Il dépend toujours financièrement de Steve et Serena. Il a un problème de drogue, ce qui le rend désespéré et prêt à tout pour obtenir de l'argent. Ils se sont peut-être battus, Steve a glissé et a fait une chute mortelle. Ensuite, Jason a changé son créneau horaire pour se donner un alibi et a tout nettoyé autour de la piscine. Cela pourrait expliquer l'absence de chaussures. J'ai mentionné la conversation entre Jason et Lucky.

— Je n'ai pas entendu d'autres détails que la mention de l'argent, mais cela me semblait très suspect.

C'était comme si Tyler n'avait pas entendu un seul mot.

— Il n'y a aucune preuve. Pas de sang et pas d'arme du crime. La ML pense qu'il est possible qu'il ait été frappé avec un objet contondant en premier et qu'il ait perdu connaissance, mais dit qu'elle ne peut pas affirmer qu'il a été touché à moins qu'il n'y ait des preuves concrètes le prouvant. Je dois les convaincre de changer la cause de la mort, d'indéterminée en meurtre, Cen. Sinon, le procureur ne portera jamais plainte.

— Peut-être que la police scientifique n'a pas cherché l'arme du crime de manière assez intensive, dis-je.

— N'importe quel assassin un tant soit peu décent n'emporterait-il pas l'arme du crime? Celui qui l'a fait était assez futé pour littéralement effacer ses traces dans le givre.

— La légiste ne le qualifiera pas de meurtre sans autre preuve. Cela signifie au moins que la cause de la blessure qui a tué Steve doit être établie sans aucun doute. Elle est sous pression pour terminer son rapport. Elle déclarera probablement que la cause de la mort est indéterminée. Sans arme du crime—.

— Le tueur est en liberté, dis-je.

— C'est une affaire très médiatisée, Cen. Elle est en train de tout vérifier, mais, bien qu'il semble que quelqu'un soit venu après la mort de Steve et ait fait une sorte de nettoyage, cela ne suffit pas. Sans preuve concrète montrant quelque chose d'étrange, cela sera classé comme indéterminé.

— Quelqu'un a frappé Steve à la tête, Tyler. Je le sais, tu le sais, et la ML aussi. Pourquoi ne peut-elle pas le dire tout simplement ?

Il hésita un instant.

— Indéterminé laisse toujours en suspens la question de savoir si et quand de nouvelles preuves apparaîtront. Mais chaque heure et chaque jour où l'on ne trouve rien y fait obstacle. Si nous ne trouvons rien maintenant, les chances de le trouver dans des semaines, des mois ou des années sont maigres. L'avocat de Serena fait déjà pression sur Brayden. Elle menace de porter plainte contre Westwick Corners si l'affaire prend de l'ampleur et fait scandale.

Brayden Banks, le maire de notre ville et mon ancien fiancé, n'avait pas le moindre scrupule. Faire pression sur lui signifiait qu'il ferait de même avec Tyler. Brayden évitait toujours la publicité négative ou tout ce qui pouvait entraver ses aspirations politiques. Mais c'était un problème moral, pas financier, et laisser la richesse et le pouvoir influencer l'enquête sur un meurtre était tout simplement une erreur. Je jetai un coup d'œil à Serena, assise à une grande table avec son cortège, qui évoquait son défunt mari. Elle paraissait vraiment triste. Était-ce réel ou tout cela n'était-il que de la comédie comme The Real McCoys ?

Je repris la conversation.

— Pourquoi Brayden est-il impliqué, d'ailleurs ? C'est une enquête de police qui cherche une cause médicale de décès. Ce n'est pas politique et Serena ne peut pas poursuivre la ville en justice. Mais elle pourrait poursuivre maman pour un accident survenu sur le site. Je craignais que ce soit la prochaine étape. Si c'était le cas, nous serions ruinés financièrement. Un sentiment d'effroi m'enveloppa.

— C'est probablement juste une tactique pour faire peur, mais Serena ne reculera devant rien, déclara Tyler. Elle veut une solution rapide pour que l'histoire disparaisse. Elle dit que toute la publicité négative diminuerait son potentiel de revenus futurs.

— Steve était la moitié des Real McCoys. Serena perd de l'argent quoi qu'il arrive. Ce n'est pas la faute de la ville.

Tyler soupira.

— Je sais. Le problème, c'est que même une plainte futile pourrait mettre la ville en faillite avec les frais d'avocat. Nous devrions nous défendre au tribunal et cela coûte de l'argent. Si nous ne trouvons pas de preuves concrètes, nous ne pouvons pas arrêter les choses sans bonne raison. Nos poches ne sont tout simplement pas assez remplies pour nous battre contre une millionnaire, Cen.

— Si cela concernait mon mari, je n'aurais pas accéléré l'enquête. J'insisterais pour que la moindre piste soit suivie.

Tyler rougit.

— C'est euh… vraiment bon à savoir.

Ce sujet que nous avions évité s'est soudainement propulsé au premier plan.

Mon pouls s'accéléra alors que j'essayais de m'expliquer.

— Je voulais juste dire que, euh… Serena est passée d'une volonté de renouveler ses vœux à une décision d'enterrer son mari terriblement rapidement. Elle devrait plutôt souhaiter avoir plus de temps pour mener une enquête en bonne et due forme, surtout si la médecin légiste ne peut pas donner de réponse définitive.

— On pourrait penser qu'elle le ferait, mais tout le monde ne pense pas comme ça. Surtout si les preuves ne sont pas écrites noir sur blanc.

Je fronçai les sourcils.

— Poursuivre la ville, c'est ce que fait un tyran, pas un conjoint en deuil. De plus, Steve est mort sur une propriété privée. En quoi est-ce la responsabilité de la ville ?

— Les avocats prétendront que la ville n'a pas inspecté la piscine. S'ils l'avaient fait, il aurait été évident que la piscine n'était pas conforme au code de la construction.

— Avons-nous au moins un règlement de construction ? Nous sommes à peine un village. Quel est le lien avec la mort de Steve ?

— Il n'y en a pas, dit-il. Mais seul le fait de porter plainte nous amènera au tribunal, et nous ne pouvons pas nous permettre un procès.

Tyler baissa la voix.

— Il faut que je te demande quelque chose d'important.

Notre remue-méninges avait déplacé l'attention de l'accident au meurtre, mais avait-il également modifié le moment propice de ma demande en mariage ? Et si tante Pearl n'avait pas trouvé la bague perdue ?

— Cen ? Tu m'écoutes ? La voix de Tyler fit irruption dans mes pensées.

— Euh, oui, dis-je.

Dans quelques années, nous repenserions tous les deux à ce moment avec nostalgie, aussi étrange qu'il ait été. Ce n'était pas du tout romantique, mais l'amour était ce qui comptait. Ce n'était peut-être pas un dîner chic, mais j'étais de toute façon trop grosse pour fermer ma nouvelle robe rouge. Je pris une profonde inspiration et m'approchai de Tyler.

— Demande toujours.

Il se pencha plus près et plaça sa main sur la mienne.

— Ce que je dois savoir, c'est s'il y a de la magie impliquée ?

— *C'est ça* ta question ?

Ce *n'était pas* la question à laquelle je m'attendais. Alors que j'expirais et m'effondrais sur la chaise, ma graisse abdominale nouvellement acquise se comprimait et s'écrasait contre mon soutien-gorge à armature. Comme c'est déprimant. Par contre, une proposition romantique allait sûrement arriver très bientôt. N'est-ce pas ? Ou avais-je complètement tort à propos de tout ?

— Pourquoi t'énerves-tu ? demanda Tyler.

— Je, je ne m'énerve pas.

Je me mordis la lèvre inférieure et évitai le regard de Tyler.

— Bien sûr que si. Tu plisses toujours les yeux quand tu es en colère. Quelque chose te tracasse et je ne sais pas ce que c'est.

J'aurais dû avouer tout de suite que, oui, la magie était impliquée. Mais avais-je même le droit de lui parler de la malédiction de Rocklin ? En quelque sorte, je ne pensais pas. Est-ce que parler de la malédiction apporterait plus de malédictions ? Quoi qu'il en soit, cela exaspérerait tante Pearl, ce qui n'en valait pas la peine. Qu'est-ce qu'elle ferait avec moi pour me punir ? Me jeter un mauvais sort ?

Et je ne pouvais certainement pas mentionner une bague dont je n'étais pas censée connaître l'existence.

Apparemment, j'étais déjà maudite, avec mon gain de cinq cents grammes par heure et le plan de maman pour s'enrichir rapidement équivalant à un cadavre et beaucoup de mauvaise publicité.

J'étais folle furieuse. Mais alors, tellement furieuse. Tout allait mal et j'avais besoin d'être en colère contre quelqu'un d'autre que moi. Sorcellerie ou pas sorcellerie, notre famille resterait divisée dans un jeu de blâme, et, une fois de plus c'était à moi de trouver une solution. Je devais faire disparaître cette malédiction d'une manière ou d'une autre.

Mais je ne pouvais pas m'en prendre à Tyler.

— Je déteste l'idée que quelqu'un s'en tire avec un meurtre, dis-je donc pour justifier de ma colère.

— Alors, prouve que c'est un meurtre, Cen. Aide-moi à trouver l'arme du crime.

CHAPITRE 19

Au moment où j'ai quitté The Witching Post, il y avait un mélange de pluie et de neige. Tyler était parti quelques minutes plus tôt. Il retournait à son bureau pour examiner les images de surveillance. Moi, j'allais retourner au manoir Rocklin. Flippant, oui, mais avec Serena et son gang installés au bar, ce serait probablement ma seule chance de jeter un autre coup d'œil autour de la piscine. Mais mon véritable objectif était de bannir la malédiction une fois pour toutes.

Pour résumer, j'avais maintenant trois objectifs presque impossibles :

1. Trouver l'arme du crime.
2. Résoudre le meurtre et mettre l'histoire au clair pour mettre fin aux allégations de mort accidentelle de Serena
3. Bannir la malédiction

Ces objectifs amenaient d'autres objectifs. Si je pouvais résoudre le meurtre, j'aurais une exclusivité sur l'histoire de la mort tragique de Steve avant tout le monde. En bref, j'avais du pain sur la planche. La pluie glaciale trempait ma veste alors que je courais vers mon SUV à l'autre bout du parking. Je sautai sur le siège du conducteur et vérifiai mentalement ma liste de choses à faire avant de démarrer la voiture.

Trouver l'arme du crime — s'il y en a une — devrait être assez facile, en matière de sorcellerie. En théorie, je devais simplement retourner au manoir Rocklin et lancer un sort de retour pour répéter les événements les uns après les autres. Bien sûr, je ne pouvais pas parler de mes projets à Tyler. J'étais donc là, à la fois effrayée et pleine d'espoir, en route pour le manoir Rocklin. Ou très probablement sur le chemin de la ruine.

Pour inverser la chaîne des événements, un sortilège de rétroaction était nécessaire en plus du sortilège de rétroaction sur le sortilège de rétroaction, ah là là. Des erreurs pouvaient littéralement signifier une catastrophe, car si quelque chose tournait mal dans l'un des renversements, je pouvais potentiellement changer l'histoire pour chacune des personnes qui avaient visité le manoir Rocklin aujourd'-hui. Cela comprenait les McCoy, leurs employés, ainsi que la police et les pompiers. Il y avait même Tyler et moi, ainsi que ma famille. C'était une quantité insurmontable de multitâches pour des événements interdépendants, même pour moi. Tant de personnes avaient été sur place et tant d'heures s'étaient écoulées.

Mais peut-être qu'il y avait un autre moyen. Je doutais que les gens de la police scientifique aient manqué une arme de crime évidente, mais si elle était différente de toute arme de crime à laquelle ils s'attendaient?

J'avais une idée, mais j'avais besoin de l'aide d'une autre sorcière. Maman était exclue d'office. Elle avait encore du mal à se remettre de ce qui s'était passé, mais il fallait bien qu'elle continue et qu'elle prépare le dîner pour nos hôtes. De plus, comme maman avait trouvé le corps de Steve, elle était directement impliquée. Tante Pearl était aussi exclue, même si elle n'était pas employée comme barmaid.

Il n'y avait qu'une seule sorcière sur laquelle je pouvais m'appuyer, et c'était grand-mère Vi.

* * *

LE TRAJET vers le manoir Rocklin était périlleux. Les giboulées s'étaient transformées en grêle peu après avoir quitté The Witching Post. Des granulés glacés s'écrasaient sur le pare-brise et rebondissaient sur le capot. Je regardais en clignant des yeux la route qui s'étendait devant moi. Dans l'obscurité, la route était à peine visible, la grêle tombant trop vite pour que les essuie-glaces puissent suivre.

Grand-mère Vi flottait à quelques centimètres au-dessus du siège du passager avant, m'avertissant de ce que j'étais sur le point de faire.

— Tu as menti à Tyler en lui disant que tu restais à la maison, et tu m'as poussé à quitter la maison ! Je ne mets pas un pied sur le sol Rocklin. Fais demi-tour et sors de cet endroit maudit. Ramène-moi à la maison, tout de suite !

— Je ne peux pas jusqu'à ce que je trouve ce que je cherche.

J'ai essayé d'avoir l'air le plus décontracté possible en passant les portes de Rocklin.

— Juste un petit détour. Je pense que je peux me débarrasser de la malédiction, mais il faut le faire ici. La malédiction n'existe que parce que nous pensons qu'elle nous fait des tours momentanés.

En fait, je n'y croyais pas vraiment moi-même, mais ce n'était qu'une des raisons de ma visite. En arrivant au parking, j'appuyai sur le frein en découvrant le SUV blanc de Serena. Quand je suis partie, le véhicule se trouvait encore sur le parking du Witching Post, et je ne l'avais pas vu partir. Serena avait dû quitter le bar après moi, mais était sortie du parking plus tôt, alors que j'étais encore en train de démarrer. En venant ici, aucune voiture ne m'avait doublé et c'était la seule route possible.

Soudain, je distinguai des voix fortes qui résonnaient à l'extérieur. Je retirai mon pied de la pédale de frein, prête à appuyer rapidement sur l'accélérateur, mais les voix s'éteignirent. Je n'étais plus sûre de mon plan, surtout quand je reconnus le rire. Une attaque-surprise était ma seule chance. Je devais mettre mon plan à exécution maintenant, sinon cela n'arriverait jamais. Et je devais le faire sans me faire découvrir.

Serena était ivre. Ses mots étaient brouillés, et ce qu'elle a ensuite dit m'a choqué.

— Jason est responsable de cela. S'il avait été à la maison, cela ne serait jamais arrivé. Steve n'aurait pas nagé seul.

Serena hoqueta.

— Mais cela n'a peut-être pas d'importance. Jason aurait probablement laissé Steve mourir.

— Tu ne le penses pas vraiment. La voix d'Abby était tout aussi distinctive, même à distance. Mais contrairement à Serena, elle était sobre.

— Si, Jason sera heureux que Steve soit mort. Aucun amour perdu entre ces deux-là. Il aimerait probablement que je sois morte aussi.

Même si je voulais rester là à portée de voix, quiconque regardait par la fenêtre m'aurait remarqué. Je conduisis lentement et me garais à l'extrémité de l'allée, la plus éloignée de la cour et de la piscine. Mon véhicule était toujours visible, mais seulement si quelqu'un quittant la maison se retournait et regardait en arrière. Je sortis du SUV et me glissai vers les voix pour écouter. Grand-mère Vi flottait à quelques mètres derrière moi. L'une des grandes portes-fenêtres du salon était grande ouverte. Elle faisait face à l'avant de la maison et était entourée d'un petit porche avec un coin salon, bordé par un mur de briques de deux pieds de haut. Même dans l'obscurité, quiconque regardait à l'extérieur me découvrirait facilement s'il prenait la peine de regarder. Je m'accroupis dans l'herbe près du mur, décidant que le risque en valait la peine. J'espérais glaner quelques informations de leur conversation. Je fus vite déçue lorsque la conversation s'orienta vers la nourriture.

— J'ai faim, se plaignait Serena.

— Il n'y a rien à manger dans cette ville.

— Je vais appeler Ruby et lui demander d'apporter quelque chose, dit Abby.

— Si sa cuisine ressemble à sa pâtisserie, je préférerais mourir de faim.

Grand-mère Vi souffla.

— Le culot de cette femme !

— Silence !

Je fis un signe de la main et le regrettai immédiatement, car personne d'autre que moi ne pouvait entendre grand-mère Vi. Mais ils pouvaient certainement m'entendre.

— C'était quoi ce bruit ? demanda Abby.

— Quel bruit ? Allons à Shady Creek et trouvons un restaurant décent. J'ai envie d'Italien.

Serena éclata en sanglots.

— Les pâtes étaient le mets préféré de Steve.

— Prends tes affaires et je vais chercher la voiture, dit une voix masculine.

Je devinai que c'était Danny, le chauffeur de Serena. J'allais être découverte si je ne bougeais pas. Mon cœur battit alors que je m'agenouillais et rampais devant le patio et les portes ouvertes, le petit mur me cachant de la vue. Une fois passé, je me levai et glissai devant l'entrée principale et autour du côté opposé de la maison où se trouvait la piscine. Mis à part le deuxième ensemble de portes-fenêtres menant à la piscine, cette partie de la maison était sans fenêtre. Heureusement, ces portes étaient fermées avec les stores tirés. Je me positionnai près de l'entrée latérale et de la haie de laurier, où il était peu probable que je sois repérée. J'étais hors de leur vue, à la fois de l'intérieur de la maison et de l'avant où le véhicule de Serena était garé. Il suffisait d'attendre qu'ils partent.

Mais il y avait un problème. Ma voiture était garée dehors. Peut-être qu'ils seraient pressés de partir et ne regarderaient pas sur le côté de la maison pour la voir. Je retins mon souffle et espérai le meilleur, tout en me préparant au pire.

J'inspirai profondément en réfléchissant à mes prochaines étapes.

Grand-mère Vi volait d'avant en arrière, désemparée.

— Tu ne peux pas mettre les pieds dans cette maison, Cendrine.

— Je n'ai pas besoin d'entrer.

Admettre que j'étais déjà à l'intérieur ne ferait que la contrarier davantage. Grand-mère Vi planait à côté de moi alors que je pressais mon corps contre la haute haie de laurier. Les branches acérées ont douloureusement heurté ma veste et mon jean d'hiver, créant des points de pression douloureux sur mes bras et mes jambes alors que je pressais mon corps plus loin dans le feuillage.

Puis la porte d'entrée claqua, rapidement suivie de pas et de voix qui s'effaçaient à chaque seconde qui passait. Quelques instants plus tard, les portières de la voiture claquèrent et un moteur démarra. Des pneus de voiture crissèrent sur le gravier, et finalement le silence s'installa. Je jetai un coup d'œil autour de la haie juste à temps pour voir les feux arrière disparaître autour du virage dans l'allée. C'était ma seule chance de voir ce que je pouvais déterrer avec un sort. Les chances que mon plan fonctionne étaient minces, mais ça valait le coup d'essayer.

CHAPITRE 20

Grand-mère flottait à quelques mètres au-dessus de moi comme un guet. Son point de vue lui permettait de m'alerter si quelqu'un remontait l'allée du manoir Rocklin ou si d'autres personnes émergeaient de la maison. Je doutais que quelqu'un soit encore à l'intérieur, mais je ne pouvais pas en être sûre.

— Dépêche-toi, Cendrine ! murmura-t-elle.

— Chaque minute que nous passons ici est une minute de trop.

Mon pouls s'accéléra alors que je me tenais sur le patio en béton au bord de la piscine avec ma lampe de poche, scrutant la zone à la recherche de tout ce qui n'avait pas sa place. Comme une arme de crime. C'était ridicule de penser que je trouverais quelque chose puisque la police avait déjà fouillé la zone. Ils n'avaient probablement rien raté, mais cela valait le coup d'œil, même si c'était dans le noir. C'était une dernière tentative pour prouver ma théorie selon laquelle la mort de Steve était tout sauf un accident. Mais ce n'était pas la raison principale pour laquelle j'étais ici.

Grand-mère lisait dans mes pensées.

— Tout est possible, mais tu dois vraiment *faire* quelque chose, maintenant. Arrête de rester debout et fais-le.

— D'accord, d'accord, mais me précipiter me stresse. La vérité était que j'étais nerveuse. Nerveuse que je sois incapable de lancer un sortilège sur une propriété où nos pouvoirs de sorcière avaient été considérablement diminués. Les pouvoirs de maman n'avaient pas fonctionné du tout quand elle avait essayé de sauver Steve. Pourquoi le mien fonctionnerait-il maintenant ?

Non.

Pense positif !

Je pris une profonde inspiration et m'approchai de la piscine. Je me concentrai. En levant les mains, les paumes vers l'extérieur, je récite :

Quelque chose ici n'a pas sa place,

Rends-le visible sous mes yeux,

Révèle l'arme du crime qui me tracasse,

Aide-nous à attraper le meurtrier mystérieux.

J'ai attendu, mais rien ne s'est passé.

— Essaie de te tourner dans une direction différente, suggéra grand-mère Vi.

Je me tournai vers ma gauche et répétai le sort.

Toujours rien.

Je me retournai à nouveau et récitai le sort. Peu importe dans quelle direction je me tournais, rien ne se passait.

Je levai les yeux vers grand-mère Vi.

— Qu'est-ce que je fais mal ?

Elle fronça les sourcils.

— Non, c'est cet endroit maudit. Nos sorts ne semblent pas fonctionner ici. Ou il se peut que ce soit juste un accident et qu'il n'y ait pas d'arme à trouver. Nous ne le saurons peut-être jamais.

— Il y a sûrement autre chose là-dedans. Un sort différent peut-être ? Je pourrais partir maintenant, mais cette opération risquée n'aurait servi à rien.

Grand-mère Vi soupira.

— Rien ne fonctionnera, à moins que tu ne brises le seul et unique sort qui arrête tout le reste. La malédiction de Rocklin.

Je fis tourner ma lampe de poche autour de la piscine une dernière fois. Pas d'armes meurtrières d'aucune sorte, rien de plus qu'une frite de piscine. Je me retournai pour retourner à la porte.

À ce moment-là, ma lampe de poche éclaira quelque chose. Un éclair blanc sous la haie attira mon attention.

— Attends ! Peut-être que ça a marché malgré tout. J'ai trouvé quelque chose.

Je me rapprochai et m'agenouillai. J'étendis mon bras sous la haie. Ma main se referma sur un petit morceau de papier, détrempé, mouillé et couvert de saleté. Je le soulevai soigneusement et l'essuyai avec mes doigts pour révéler les chiffres à l'encre bleu-violet clair.

— Qu'est-ce que c'est ? demanda grand-mère.

Je me levai et plaçai le papier sous la lumière.

— Ce n'est pas une arme du crime, malheureusement. Juste un reçu de caisse à l'ancienne. Il n'y avait aucun détail identifiant les articles achetés, seulement 3 lignes avec les prix, identifiés comme article 1, article 2, article 3.

J'étais sur le point de le jeter quand grand-mère Vi descendit pour regarder de plus près.

Elle jeta un coup d'œil par-dessus mon épaule.

— Hum... Les choses ne sont pas toujours évidentes, Cen. Cela pourrait être un indice qui te mène à l'arme.

— Tu essaies juste de me faire me sentir mieux. J'avais imaginé que l'arme du crime était quelque chose de lourd comme une brique ou un rocher, pas un simple morceau de papier. Mais grand-mère pourrait avoir raison. Mon esprit se tourna vers un jeu auquel j'avais l'habitude de jouer quand j'étais enfant.

Pierre, feuille, ciseaux.

Les règles du jeu étaient que la pierre écrase les ciseaux, les ciseaux coupent la feuille et la feuille recouvre la pierre. *La feuille enveloppe la pierre* cela pourrait être un signe, mais de quoi ? Je n'en avais aucune idée. Les sorts se sont souvent révélés différents des attentes pour de nombreuses raisons. Le reçu était-il une sorte de blague sur la malédiction de Rocklin ? Je doutais que la police de Shady Creek ait manqué des preuves aussi évidentes au cours de son enquête. Pourtant, je n'étais pas totalement convaincu que le reçu se fût matérialisé à la suite de mon sort.

Magique ou non, je connaissais un endroit dans la ville qui remettait des reçus exactement comme ça. Je pourrais au moins aller voir. Mais d'abord, il y avait une dernière chose que je devais faire.

CHAPITRE 21

Grand-mère Vi flotta près de la porte, clairement secouée.

— Nous devons partir, immédiatement ! Je me sens faible à l'attraction de cet endroit. C'est mauvais, Cen.

— Je sais, je le ressens moi aussi. Je, j'ai juste besoin de suffisamment de temps pour être sûre de prononcer les bons mots.

J'étais à côté de la piscine, à l'endroit exact où le corps de Steve avait flotté des heures plus tôt. C'était maintenant ou jamais, mais je ne voulais pas précipiter le sortilège et le gâcher, en particulier avec un sortilège qui pourrait défaire une malédiction qui durait depuis des décennies.

— Chaque instant où nous nous attardons affaiblira nos pouvoirs de sorcière. C'est très dangereux pour nous d'être ici. Récite enfin ce satané sortilège.

Elle laissa tomber un papier de sa poche transparente. J'attrapai le papier alors qu'il flottait vers le sol. Je le dépliai pour voir une version dactylographiée du même sortilège que tante Pearl avait récité plus tôt à l'auberge sans succès. Mon plan de réciter le sortilège directement sur la propriété Rocklin n'était pas gagné d'avance. J'étais reconnaissante pour la version écrite au lieu de réciter de mémoire. Je pris une profonde inspiration et espérai un miracle :

Je rejette ta malédiction du ciel,

Elle fondra sous tes yeux comme du miel,

Tu ne nous accableras plus,

Va-t'en avec ton clan inclus,

Je protégerai cette maison à l'infini,

N'ose pas montrer ton visage, sinon t'es finie

Tes pouvoirs sorciers n'existent plus,

Verrouillé à jamais derrière la porte et exclus,

Changé de sorcière à mortelle pour toujours,

Éternellement banni du vortex sans aucun retour,

Tu paieras pour tes graves méfaits,

Tous tes rêves seront défaits,

Tes malédictions ne vont plus marcher,

Pour l'éternité, le doute en toi va te hanter,

Pour toujours et un jour,

C'est le temps que tu resteras hors des lumières.

GRAND-MÈRE VI SOUFFLA.

— Cen, tu ne l'as pas bien récité ! C'est quarante ans et un jour, pas pour toujours et un j—

Je pointai du doigt le papier et secouai la tête.

— Non, c'est écrit pour toujours ici.

— Pourquoi alors, Pearl a-t-elle dit quarante ans ? Elle ne commettrait pas une erreur stupide comme ça. Je relis le papier.

— C'est définitivement dit pour toujours. C'est ce que nous voulons pour toujours, pas vrai ?

Grand-mère Vi plissa les yeux sur le papier.

— Oh, mon Dieu, tu as raison ! Je me souviens maintenant… il y a différentes versions du sortilège. Le calendrier a changé lorsqu'une règle de la WICCA a été révisée il y a de nombreuses années. Un mot a tout changé.

Sa voix était noyée par un ciel grondant. Tout devint sombre à mesure que le tonnerre augmentait, suivi une minute plus tard d'une averse de pluie.

Pluie ?

Étrange, puisque la température était inférieure au point de congélation. Il faisait beaucoup trop froid pour autre chose que de la neige.

Et pourtant c'était bien de la pluie. Des gouttes de pluie chaudes et bâclées me trempaient comme une averse tropicale, pas la pluie glaciale et frigorifiant qui tombait habituellement dans l'État de Washington.

La forme translucide de grand-mère Vi flottait vers moi, insensible à l'averse soudaine. Elle tapa dans ses mains.

— Je me sens déjà plus forte. T'as réussi, Cen ! Tu as brisé la malédiction !

Rien n'avait changé que je puisse voir, mais je sentis une légèreté, presque un étourdissement alors que je tournais mon visage vers le ciel. Je ris alors que des gouttes de pluie chaudes tombaient sur mon visage tourné vers le ciel. Je sentis la paix dans mon âme. Quelque chose dans l'air m'apaisait et me dynamisait en même temps.

Un poids invisible que je n'avais pas senti auparavant fut soudainement soulevé de mon dos. Tout semblait plus léger, comme si la gravité avait changé. Même ma taille était plus lâche.

— Un petit mot et tout change ? Comment cela se fait-il ?

— La WICCA a interdit les sortilèges « pour toujours » il y a des années, lorsqu'elle a mis en place des limites de temps pour les sortilèges.

— Si tel est le cas, alors pourquoi mon sortilège a-t-il fonctionné et pas celui de tante Pearl ? J'ai dit pour toujours et un jour. Tante Pearl dit quarante ans et un jour, son sortilège aurait dû marcher, pas le mien.

— On pourrait le penser, dit Grand-mère Vi.

— Mais une erreur a été commise. La malédiction originale de Rocklin était éternelle, mais lorsque la règle de la WICCA a commué les peines maximales à quarante ans, la malédiction originale a été refondue avec quarante ans. Le contre-sortilège était de quarante ans aussi.

— Si c'est le cas, alors la malédiction aurait dû expirer il y a des années lorsque les quarante ans étaient écoulés, dis-je.

— Il y a eu un appel sur le délai de quarante ans et après quelques années, la WICCA a changé d'avis. Ils n'appliquaient le délai de quarante ans qu'aux nouveaux sortilèges, et non aux sortilèges préexistants. La malédiction « pour toujours » originale sur les sorts préexistants a été rétablie. Il reste très peu de sortilèges éternels. Je suppose que Pearl a mis à jour son livre de sortilèges pour le changement original à quarante ans, mais n'a pas enregistré le changement vers « toujours ».

— Comment notre famille entière pourrait-elle rater cela ?

— C'est très simple, Cen. La malédiction n'a pas été activée, donc nous n'avons ressenti aucun effet néfaste. Nous pensions que la WICCA avait réglé tous les documents liés à son changement de règle. Nous avons pensé que la malédiction avait été complètement annulée par notre contre-sort d'origine. Mais dans ce cas, la malédiction d'origine et le contre-sort étaient toujours incompatibles.

Je commençais à comprendre.

— Ils ne pouvaient pas s'annuler mutuellement parce qu'ils étaient mal assortis. La malédiction originelle de Rocklin « pour toujours » a été rétablie, mais à cause de l'erreur bureaucratique de la WICCA, le contre-sortilège « pour toujours » devait être fait une deuxième fois ?

Grand-mère Vi hocha la tête.

— Exactement. Nous aurions vraiment dû vérifier, mais nous avons fait confiance à la WICCA. On ne plaisante pas avec de grandes malédictions comme ça. Lancer un trop grand nombre de contre-sortilèges sur des malédictions puissantes peut avoir de graves conséquences.

— Je suis libre d'une malédiction dont je ne connaissais pas l'existence. Ma vie devrait alors s'améliorer considérablement, non ? Cela pourrait tout changer. Je pourrais très bien manger n'importe quoi et ne pas grossir d'un gramme. Mon journal ferait des bénéfices avec moins d'efforts. Tout comme l'auberge et même l'école des sorcières de Pearl. Westwick Corners pourrait prospérer au lieu d'exister comme une ville presque fantôme.

Grand-mère Vi fit irruption dans mes pensées.

— Je doute que cela change grand-chose. Il peut être difficile de distinguer une malédiction de la simple malchance. Le seul signe certain est quand la malchance est quelque chose qui sort de l'ordinaire.

— Alors, c'est une malédiction.

— Comme le trou dans le plafond et la radio en feu ?

— Le plafond, oui. Mais la radio en feu, c'était vraiment moi.

Grand-mère Vi rayonna.

— J'en suis toujours capable.

— Tante Pearl aurait dû mettre à jour tous les sortilèges de son livre de sortilèges. Au moins, elle aurait dû se rappeler de le faire.

Grand-mère Vi secoua la tête.

— Tu sais que ta tante est terrible avec les détails, et nous vieillissons tous et sommes de plus en plus oublieux. Je pense que dans le feu de l'action, lorsque notre plafond s'est ouvert, elle a paniqué.

— Mais tante Pearl n'a peur de rien ni de personne, dis-je.

— Elle a peur de beaucoup de choses, Cen. Elle le cache juste bien. J'aurais dû mieux écouter les paroles de son sortilège, mais j'étais encore troublée et distraite après avoir bousillé ton ordinateur. Je suis vraiment désolée de ne pas avoir remarqué la formulation jusqu'à présent. J'aurais pu éviter une tragédie. Son aura pulsait entre l'obscurité et la lumière.

Si les fantômes pouvaient pleurer, grand-mère Vi hurlerait. Je touchai son épaule translucide.

— Ce n'est la faute de personne, mamie.

Son aura s'assombrit.

— C'est ma faute. La chute de cette ville et de tout le reste résultait d'une malédiction que nous aurions pu lever il y a des décennies. Imagine à quel point les choses auraient pu être différentes.

Sauf que si tout s'était passé différemment, alors nous aurions mené des vies différentes. Nous n'aurions jamais transformé notre maison en auberge. Tyler ne serait jamais venu en ville pour accepter le poste de shérif que personne d'autre ne voulait, et je serais mariée à quelqu'un d'autre en ce moment.

— J'aime tout tel quel et je ne changerais rien au monde, mamie.

Quant à Steve, il y a de fortes chances que sa mort n'ait rien à voir avec la malédiction.

Grand-mère Vi essuya une larme imaginaire de son œil.

— Tu le penses vraiment ça ?

J'étudiai le reçu de caisse.

— La chance a changé à de nombreux égards.

CHAPITRE 22

Je rentrai dans la station-service Gas N'Go et me garai sur le côté du bâtiment. Grand-mère Vi attendit dans la voiture. Je passai devant l'îlot de gaz vide et montai la seule marche jusqu'au magasin. Alors que j'ouvrais la porte et entrais, je me souvins de Wilt, l'ancien caissier de Gas N'Go, qui languissait maintenant dans une prison de Las Vegas. Cherise, sa remplaçante, était l'opposé de Wilt. Elle était serviable et amicale, et tout le monde en ville l'aimait. En fait, elle était presque trop centrée sur le client et joyeuse. Elle aiderait un voleur armé à remplir son réservoir avec un sourire.

— Hé Cen, je ne t'ai pas vue depuis un lustre.

Cherise se tenait derrière le comptoir.

— Que puis-je faire pour toi ? Comme d'hab ?

Mon estomac grogna en regardant le plateau de croissants au chocolat dans la vitrine en verre.

— Non merci. Je suis là pour autre chose.

Cherise sortit une assiette en forme de cœur pleine de chocolats de derrière le comptoir.

— Veux-tu goûter un échantillon ? Nous venons de les recevoir ce matin.

Je fus tentée, mais je n'étais pas prête à risquer ma taille nouvellement svelte. Le Gas N'Go vendait le même assortiment de chocolat chaque année. Je savais pertinemment qu'ils étaient pour la plupart des restes de la Saint-Valentin de l'année dernière. Ou peut-être même de la Saint-Valentin d'avant. Nous faisions tous ce que nous devions faire pour joindre les deux bouts dans une ville sans emploi, et ce n'était pas toujours joli.

Je secouai la tête avec une désinvolture feintée au lieu du désespoir que je ressentais à l'intérieur.

— Non. Je suis ici pour une autre raison.

— T'es sûre ? Les chocolats partent vite. Tu voudrais peut-être prendre une boîte comme cadeau de Saint-Valentin pour Tyler ?

L'œil droit de Cherise se referma dans un clin d'œil exagéré. Cela aurait été comique si elle n'était pas si manifestement désespérée.

Je voulais que ma surprise de Saint-Valentin pour Tyler soit unique, pas les chocolats rassis de la station-service que Cherise proposait. Cependant le temps s'écoulait et je n'avais pas encore trouvé quelque chose de convenable. L'inconvénient d'une petite ville était que tout le monde connaissait les affaires de tout le monde. Presque tout le monde, parce que je n'arrivais toujours pas à savoir qui m'avait payé pour la page complète de l'annonce de la Saint-Valentin.

— Euh… merci, Cherise. Peut-être plus tard.

— Il ne te reste presque plus de temps.

La voix de Cherise portait maintenant un soupçon de désespoir.

— C'est bientôt la Saint-Valentin !

J'avais des questions plus importantes à traiter pour le moment.

— En fait, je suis ici pour demander une faveur. Tu as des caméras de sécurité ici, non ?

Cherise hocha la tête et son sourire disparut. Elle désigna trois moniteurs au-dessus de la caisse enregistreuse.

— Une au-dessus de la porte, une au-dessus de la pompe à essence et une qui couvre la caisse enregistreuse. Pourquoi ? Quelque chose ne va pas ?

Je ne pouvais pas laisser échapper un seul mot sur les célébrités parmi nous, encore moins sur celle qui était maintenant morte. La nouvelle se répandrait dans toute la ville en un instant.

— Il n'y a pas de problème. C'est juste que tante Pearl a encore fait quelque chose de fou. J'ai besoin de preuves solides avant de l'accuser de quoi que ce soit. Je veux aussi arranger les choses pour le magasin.

Cherise ouvrit largement ses yeux.

— Pearl a fait quelque chose ici, au Gas N'Go ? Elle n'a pas recommencé ses tours de pyromanie, n'est-ce pas ? J'espère que nous n'aurons pas à nous enfermer à nouveau.

— Non, non, rien de tout cela… Il y a juste une petite chance de… de…

Je levai la main.

— Je ne peux pas l'accuser sans preuve. Ce n'est probablement rien, mais je dois vérifier pour des raisons de sécurité.

Tante Pearl avait déjà essayé de faire sauter la station-service, alors Cherise ne remettait pas en question ma demande étrange. Cherise était très occupée, mais elle eut peur de s'impliquer dans l'une des poursuites criminelles de tante Pearl.

— Mais bien sûr, Cen. Merci de nous avoir tous gardés en sécurité.

Cherise posa l'assiette de chocolats et sortit de derrière le comptoir.

— De quoi as-tu besoin ?

— Puis-je revoir les images de votre caméra du dernier jour ou des deux derniers jours ?

Cherise haussa les épaules.

— Je ne suis pas vraiment censée les montrer aux gens, mais compte tenu des circonstances, je ne vois pas quel mal cela ferait. Ne le dis à personne.

J'ai serré les mains l'une contre l'autre.

— Non, je ne le ferais pas. Je te le promets.

Cherise passa devant moi jusqu'à la porte d'entrée.

— Donne-moi une minute et je te les prépare. Je suppose que tout ce que Pearl a fait ne peut pas être trop mauvais. Je veux dire, le bâtiment est toujours debout, et nous sommes ouverts aux affaires, non ?

— J'aime ton attitude positive. Je tournai mon regard vers les moniteurs au-dessus du comptoir de caisse. Cherise apparut à l'écran. Elle retourna le panneau « *Entrez, nous sommes ouverts* » au verso, qui indiquait « *Fermé — nous reviendrons* ». Elle avança la plus courte des deux aiguilles d'horloge en plastique de 15 minutes et tourna le signe en arrière de sorte que le cadran de l'horloge s'affiche vers l'extérieur.

La caméra de sécurité du Gas N'Go était un modèle plus ancien avec une résolution floue, mais la qualité était suffisante pour identifier Cherise, ou toute autre personne qui passait près ou par la porte d'entrée.

Je me sentis un peu coupable d'avoir incriminé tante Pearl, mais si mon intuition était juste, j'aurais tout le temps d'éclaircir les choses plus tard.

— Cherise, à quelle heure as-tu commencé à travailler aujourd'hui ?

— Sept heures du matin, comme d'habitude. C'est ma première garde depuis quatre jours. Suis-moi.

Je traînai derrière Cherise alors que nous nous dirigions dans un couloir étroit vers l'arrière du magasin. Cherise ouvrit la porte d'une petite pièce. Des boîtes mobiles poussiéreuses étaient empilées contre un mur sous un grand calendrier qui était obsolète depuis deux ans.

Un bureau en chêne d'aspect ancien était recouvert de piles de vieux magazines et papiers. Derrière, il y avait une chaise de bureau rembourrée en cuir vert. Les accoudoirs étaient usés et déchirés. Ce qui restait était maintenu ensemble avec du ruban adhésif.

— Montre-moi simplement où je peux voir les images de la caméra de sécurité et je te laisserai te remettre au travail. Je serai rapide, je te le promets.

Je caressai la clé USB dans la poche de ma veste, espérant que ce n'était pas seulement un exercice infructueux. J'espérais aussi trouver quelque chose, parce que l'alternative — que Steve était mort à la suite d'une négligence d'entretien de la malédiction — serait une tragédie catastrophique.

Cherise s'assit et attrapa la poignée du tiroir du bureau du bas. Elle sortit un ordinateur portable du tiroir et le posa sur le bureau. Elle l'alluma et tapa sur le clavier. L'écran s'éclaircit et se remplit de séquences de surveillance de la porte d'entrée de Gas N'Go. Elle pointa les flèches vers le haut et vers le bas en bas de l'écran.

— Clique sur le menu en haut pour passer d'une caméra à l'autre. Viens me chercher si tu as besoin d'aide pour naviguer.

— Merci, Cherise. Je ne levai pas les yeux. Je faisais déjà défiler les images.

Les pas de Cherise s'estompèrent dans le couloir alors qu'elle se dirigeait vers l'avant du magasin. Je sortis le reçu détrempé de ma poche et l'aplatis soigneusement sur le bureau. Le reçu avait un horodatage, mais tout ce que je pouvais déchiffrer de l'encre décolorée fut la date d'hier. Je décidai de commencer ma recherche à l'heure d'ouverture d'hier, 7 heures du matin. Je revins en arrière jusqu'au moment où je voyais un mouvement sur l'écran. Le dos de Cherise me faisait face alors qu'elle déverrouillait la porte d'entrée et commutait le panneau sur le côté bleu qui disait : « *Entrez, nous sommes ouverts* ».

Je fis défiler lentement chaque cadre, m'arrêtant chaque fois qu'une silhouette assombrissait l'embrasure de la porte. Il n'y avait aucun son. Ce fut comme regarder un film muet très ennuyeux. Quelques dizaines de clients allaient et venaient : des hommes et des femmes de la région, et quelques enfants. Tyler en faisait partie. Je gelai le cadre pendant un moment pour admirer mon petit copain grand et musclé qui était si beau dans son uniforme de shérif.

Cherise sortit de derrière le comptoir et offrit à Tyler le même plateau d'échantillons de chocolat qu'elle m'avait offert. Il refusa avec un sourire d'excuse avant de se diriger vers l'arrière du magasin, hors de portée de la caméra. Quelques instants plus tard, il retourna à la caisse, un café et un muffin à la main. Il paya ses achats et sortit du magasin quelques minutes plus tard.

Elle voulait vraiment s'en défaire de ces chocolats !

Cherise avait travaillé hier malgré avoir dit de ne pas l'avoir fait. Pourquoi avait-elle menti sur le fait qu'aujourd'hui fut son premier jour de travail après quatre jours de congé ? Elle n'aurait pas pu l'oublier. Quelle que soit la raison pour laquelle elle mentait, cela ne pouvait pas être sérieux. Après tout, elle m'avait permis de revoir les images de surveillance, sachant que je la verrais à la caméra.

Il y eut une légère hausse de l'activité vers midi qui se dissipa rapidement. Les minutes allaient et venaient sans que personne n'entre ou ne quitte le magasin, et il ne se passait rien du tout. Je commençai à douter que je fusse sur la bonne voie.

Une heure s'écoula sans clients. Puis, juste après quinze heures, deux adolescents firent irruption dans le magasin, riant et plaisantant. Les frères Puhl achetèrent chacun des boissons gazeuses et des chips et partirent quelques minutes plus tard.

Le magasin redevint calme, le début d'une nouvelle accalmie sans clients ni livraisons. Cherise s'assit au comptoir et lut des magazines. Une garde de 12 heures n'était pas aussi mauvaise que cela en avait l'air, compte tenu de tous les temps d'arrêt entre les clients. La façon dont le Gas N'Go avait réussi à rester en activité était un mystère, mais les caméras fournissaient une preuve indéniable que ces chocolats n'étaient pas « juste arrivés » ce matin comme l'avait affirmé Cherise.

J'avais presque abandonné quand une silhouette obscure assombrit la porte et l'ouvrit. Il était presque 19 heures, selon l'horodatage de la vidéo.

Un frisson descendit le long de ma colonne vertébrale alors que je plissais les yeux vers l'écran. L'homme ressemblait à un voleur potentiel plutôt qu'à un client, vêtu de vêtements sombres avec un sweat à capuche noir tiré pour obscurcir partiellement son visage. Il baissa les yeux comme s'il essayait d'éviter la détection ou la reconnaissance, comme un cambrioleur expérimenté.

Il jeta un coup d'œil nerveux autour du magasin, puis baissa les yeux comme s'il ne voulait pas être remarqué. Il se dirigea vers l'arrière du magasin, hors de portée de la caméra. Il se déplaça rapidement, comme s'il était pressé. Tout ce que je pouvais dire des images, c'était que cet homme ne voulait pas interagir ou qu'on se souvienne de lui. Il avait l'air d'être sur un mauvais coup, mais de cet angle de caméra particulier, je ne pouvais pas voir grand-chose.

Je passai à la caméra face au comptoir avant, revenant à l'heure d'ouverture hier. Je fis défiler les images à double vitesse, en regardant les mêmes clients qu'avant, mais cette fois-ci, je me concentrai sur chaque personne alors qu'elle payait Cherise pour ses achats.

Cherise discutait avec chaque client et n'avait jamais manqué de proposer les chocolats de la Saint-Valentin. J'étais toujours troublée par son affirmation selon laquelle elle n'avait pas travaillé hier. Quelle raison pourrait-elle avoir pour mentir ?

Je ralentis le film à la vitesse normale et j'observai Cherise plaisanter avec un couple qui achetait des billets de loterie. Elle essaya de leur revendre la même boîte de chocolat pour la Saint-Valentin qu'elle m'avait proposée, puis gronda les garçons Puhl d'avoir pris trop de recharges à la machine Slurpee.

À 18 h 58, quelques minutes avant l'heure de fermeture, l'homme mystérieux apporta ses achats au comptoir. Le plus grand élément était blanc, grand et de forme rectangulaire, mais à cause de la mauvaise résolution de la vidéo, il était difficile de distinguer plus de détails. L'emballage était plus grand que la plupart des produits alimentaires susceptibles d'être vendus dans une supérette. À en juger par la façon dont l'homme le souleva sur le comptoir, il était également lourd.

Cherise n'avait pas essayé de déplacer l'objet. Au lieu de cela, elle le retourna et le visa avec son lecteur de code-barres. Elle scanna les deux articles restants avec son scanner portatif. Je ne pouvais pas distinguer les deux articles plus petits, mais c'était le seul client qui avait acheté trois articles de toute la journée.

Cherise porta un doigt à sa bouche et sourit en disant quelque chose à l'homme sur le film muet. Je ne pouvais pas dire s'il avait répondu puisque son dos était face à la caméra. Il sortit son porte-feuille en extrayant une liasse de billets. Il en compta trois d'une main gantée et les tendit à Cherise. Il sortit ensuite un grand sac noir de la poche de sa veste et plaça les articles à l'intérieur. Cela me semblait inhabituel, car les hommes portaient rarement des sacs de courses pliables dans leurs poches. La plupart des gens enlevaient également leurs gants lorsqu'ils entraient dans un magasin, surtout lorsqu'ils payaient leurs achats. Cet homme semblait déterminé à effacer ses traces.

Cherise fit tomber de la monnaie dans la paume gantée de l'homme. Il fit glisser les pièces dans la poche de son pantalon. Il se retourna et quitta le magasin avec ses achats encombrants, une main soutenant son sac.

Le mystérieux objet était lourd et encombrant, à en juger par la manière dont l'homme le portait. Quoi que ce soit, c'était assez lourd pour tuer quelqu'un. Est-ce que cela aurait pu être l'un des articles du reçu ? Ce reçu devait appartenir à l'homme. Aucun des autres clients n'avait acheté trois articles. J'aurais aimé pouvoir dire quels étaient ces trois éléments. J'agrandis l'enregistrement image par image, mais les images à basse résolution ne faisaient que se brouiller au fur et à mesure que je les agrandissais.

Je ne voulais pas révéler à Cherise ma véritable raison d'examiner les images de surveillance, je ne pouvais donc pas lui demander quels étaient ces objets. Puis j'eus une idée. Il serait difficile d'identifier les articles plus petits, mais il n'y avait pas trop de grands articles dans le magasin. Je me souvins que l'homme était d'abord allé au fond du magasin. Je retournai dans le magasin où Cherise attira mon attention.

— Je vérifie juste quelque chose, mais je n'ai pas encore fini, dis-je.

Elle hocha la tête et se remit à lire son magazine. Je marchais dans chacune des trois allées et le long du périmètre du magasin, à la recherche d'un article lourd, carré et grand. Je retournai au bureau et j'avançai la vidéo image par image pour la revoir une fois de plus. Mon cœur battait la chamade alors que j'appuyais sur pause. Je sortis mon téléphone de ma poche et j'appelai Tyler.

— Retrouve-moi à ton bureau. Je crois que je viens de trouver l'arme du crime.

Après avoir pris des dispositions pour le rencontrer, je sortis une clé USB de mon sac à main et copiai les fichiers vidéo. Une fois terminé, je plaçai soigneusement la clé USB dans la poche zippée de mon sac à main. Je notai l'heure sur la bande avant de la rembobiner au début. Je ne voulais pas que Cherise ou quelqu'un d'autre sache ce que j'avais vu jusqu'à ce que je puisse le comprendre moi-même.

CHAPITRE 23

Dix minutes plus tard, nous étions assis comme des sardines dans le petit bureau de police de Tyler, devant son écran d'ordinateur. Je sortis ma clé USB de ma poche et l'insérai dans l'ordinateur. Je fis défiler les séquences vidéo de Gas N'Go jusqu'à ce que l'homme en noir franchisse la porte d'entrée.

— Ce n'est pas la meilleure résolution, mais reconnais-tu ce type ?

Je pointai du doigt l'écran.

Tyler plissa les yeux.

— N'est-ce pas Jason McCoy ?

— Tout à fait. Je ne l'ai pas reconnu au début, mais je suppose que les gens célèbres vont incognito pour éviter d'être remarqués. Il a acheté des glaçons. Les détails qui avaient été difficiles à voir sur l'ancien moniteur Gas N'Go étaient beaucoup plus clairs sur l'écran plus grand du poste de police. Tyler avait l'air surpris.

— De la glace ?

Je rougis alors que je me souvenais de ce qu'on appelait parfois de la glace. Glace était un mot d'argot pour les diamants. Tyler avait-il déjà remarqué la bague manquante ?

— La glace est assez lourde pour tuer quelqu'un.

— Il a probablement juste acheté de la glace pour boire un verre. Il a ramassé quelques articles peu de temps après leur arrivée, pour des collations et ainsi de suite. La raison la plus logique est la plus probable.

Je me raclai la gorge.

— Sauf que c'est un bloc de glace. De la glace pilée — les gens l'utilisent pour les boissons. Qui a besoin d'un bloc de glace en plein hiver ?

— Les stocks ne s'envolent pas exactement des étagères du Gas N'Go, déclara Tyler.

— Peut-être que le magasin était à court de glace pilée. Le bloc de glace était tout ce qui restait.

Nous avons regardé Jason payer son achat et nous nous sommes tournés vers la porte. Il disparaissait de la caméra. J'arrêtai le film et je cliquai sur la caméra de la porte. Jason réapparut. Il se dirigea vers la porte, s'arrêtant pour équilibrer le bloc de glace lourd et froid alors qu'il ouvrait la porte. Sa Porsche était visible à l'extérieur, garée à la pompe à essence la plus proche.

Je retournai à Cherise et Jason à la caisse. Jason était habillé pour éviter d'être reconnu, mais Cherise avait dû le reconnaître. Elle avait mis son doigt sur ses lèvres pour faire savoir à Jason qu'elle garderait son secret. Comme le film n'avait pas de son, je ne pouvais pas l'affirmer avec certitude, mais il semblait logique de ne pas révéler l'identité d'une célébrité. Cela pouvait aussi expliquer pourquoi Cherise avait menti hier en disant ne pas avoir travaillé. Elle craignait de trahir la visite secrète de Jason McCoy dans notre petite ville. Je sortis le reçu de mon sac à main et je le remettais à Tyler.

— J'ai trouvé ça sous la couverture de la piscine. C'est probablement le reçu de Jason puisqu'il était le seul client à acheter trois articles hier. Je ne sais pas ce que sont les deux autres articles. Cela n'a peut-être pas vraiment d'importance au final. Tyler fronça les sourcils.

— Je vais le découvrir. Comment la police de Shady Creek a-t-elle pu ne pas voir ce reçu ? Ils ont pourtant tout passé au peigne fin.

Je n'avais pas moi-même la plus grande confiance dans la police de Shady Creek, mais ne pas avoir vu un reçu semblait peu probable.

— Peut-être que le vent l'a soufflé là plus tard ? La police scienti-fique avait déjà rendu son verdict, à savoir qu'il s'agissait d'un accident et non d'un meurtre. Cela aurait pu affecter la minutie de leur recherche.

— C'est décevant et je vais devoir leur en parler, déclara Tyler.

— Serena n'a jamais mentionné la station-service. Elle affirmait qu'ils étaient tous allés directement au manoir Rocklin et y étaient restés.

J'appuyai sur l'écran.

— Peut-être qu'elle a envoyé Jason chercher des choses une fois qu'ils sont arrivés et qu'ils l'ont oublié.

Tyler soupira.

— Je suppose que oui.

— La glace est vraiment bizarre, Tyler. Les gens remplacent la glace pilée lorsque la glace en bloc n'est pas disponible dans leur glacière lors d'une excursion de camping ou de pêche estivale. Personne ne reçoit de glace en bloc pour ses boissons lorsque la glace pilée n'est pas disponible.

Tyler réfléchit un instant.

— D'accord, alors Jason a acheté ce bloc de glace, et pourtant nous n'avons trouvé aucune glace à la maison. Ils auraient déjà pu utiliser la glace pour quelque chose.

La question de la glace manquante me posait un problème. Je devais trouver cette bague.

— Ils ne l'utilisaient pas pour boire un verre.

— Nous n'avons pas vu de glace dans le congélateur. Nous avons également procédé à une fouille assez approfondie de la maison et du terrain. Les deux congélateurs étaient vides si je me souviens bien.

— Pourtant, Steve est mort d'un traumatisme contondant et un bloc de glace porte beaucoup de force contondante.

J'appuyai à nouveau sur le bouton de lecture et nous avons tous les deux regardé Jason quitter le magasin.

— Tu vois comment il le porte ? Ce n'était pas tant le poids de la glace qui le mettait mal à l'aise. C'est parce qu'il fait froid. C'est proba-blement pour ça qu'il portait des gants et aussi parce qu'il ne voulait pas laisser d'empreintes digitales nulle part. Il tient le bloc de glace contre lui, de côté, parce que la glace n'est pas commode et lourde à transporter.

La bouche de Tyler s'ouvrit.

— C'est l'arme du crime parfaite. C'est assez lourd pour tuer, mais ça ne laisse aucune trace. Cela explique les ecchymoses sur la tempe de Steve, mais elle a fondu avant que nous puissions la trouver.

— Combien de temps faut-il pour faire fondre un bloc de glace ? demandai-je.

C'était plutôt une remarque, mais Tyler la prenait comme une question.

— À l'extérieur, dans le froid glacial, cela pourrait prendre un certain temps, même dans une piscine chauffée. Tout dépend des paramètres de température de la piscine.

— Ou cela pourrait être plus rapide sous un robinet d'eau chaude ou au micro-ondes, dis-je.

Tyler hocha la tête.

— C'est une possibilité certaine. C'est toujours un timing très serré, compte tenu de la courte différence de temps entre le moment où Ruby et toi avez vu Steve en vie pour la dernière fois et le moment où Ruby a découvert le corps. Je fis oui de la tête.

— Je pense que la glace a été laissée dans la piscine pour fondre et disparaître. Cela explique la variation de température que j'ai ressentie lorsque j'ai mis ma main dans l'eau. Il faisait vraiment froid à quelques endroits. Et il y avait des morceaux de glace qui flottaient à la surface, mais c'était une piscine chauffée. Je pensais au début que l'eau gelait à cause du froid, mais maintenant je pense que c'était juste des restes de glace. Les plus gros morceaux auraient pu être retirés et pris à l'intérieur puis jetés dans un évier ou une chasse d'eau.

— T'as mis ta main dans l'eau ? Sur une scène de crime ? Cen !

Je levai mes mains en défense.

— Pardon. Tante Pearl avait accidentellement laissé tomber ta veste dans l'eau. En fait, seule une partie de la veste est tombée. Je me sentis obligée de la sortir.

Les yeux de Tyler s'écarquillèrent alors qu'il attrapait la poche de sa veste de droite. Sa bouche s'ouvrit quand il réalisa que la poche était vide et qu'il portait une veste différente.

— La veste à l'arrière de ma voiture ? Où est cette veste, exactement ?

Mon pouls s'accéléra en pensant à la bague de fiançailles qui avait été dans sa poche.

— Euh… ne crains rien… elle est en sécurité. La dernière fois que je l'ai vu, c'était à l'auberge, suspendue à la garde-robe dans le couloir pour sécher.

Nos regards se croisèrent. Ses yeux fouillant les miens, me demandant probablement si je savais pour la bague. C'était difficile, mais je gardais mon visage sans expression.

— Qu'est-ce qu'il y a ?

Il fronça les sourcils.

— Laisse tomber.

Mon visage rougit alors que je rêvais à nouveau. J'avalai et changeai de sujet pour revenir aux McCoy.

— Les McCoy sont sortis pour dîner en ce moment, mais que se passe-t-il s'ils quittent le manoir du coup ?

— Nous ferions mieux de retourner au manoir.

— Tu as raison, allons-y. Appelle Ruby et demande-lui de nous y rejoindre avec les clés pour que nous puissions entrer.

CHAPITRE 24

Quand Tyler et moi sommes retournés au manoir Rocklin, maman et tante Pearl attendaient déjà près de la porte d'entrée. Grand-mère Vi était là aussi, flottant au-dessus d'eux et se vantant que j'avais levé la malédiction.

— Je ne te crois pas. Prouve-le.

Tante Pearl regarda grand-mère Vi, qui planait à environ un mètre cinquante au-dessus de sa tête. C'était assez déroutant pour Tyler, qui ne pouvait pas voir ou entendre la part fantomatique de grand-mère Vi dans la conversation.

— Pourquoi Pearl se parle-t-elle à elle-même ? murmura-t-il.

— Je t'expliquerai plus tard.

Je fis signe à maman de déverrouiller la porte alors que j'attrapais le bras de Tyler et le dirigeais vers la maison. Tante Pearl se jeta sur nous.

— Tu n'aurais pas dû prendre le risque de venir ici, Cendrine. Tu penses avoir annulé la malédiction, mais au lieu de cela, tu n'as fait qu'empirer les choses. Nous n'avons pas besoin d'autres accidents, et nous devrions partir maintenant pendant que nous le pouvons.

Maman l'ignora et tourna la clé dans la serrure de la porte.

Elle fit signe à Tyler de l'ouvrir.

— Fini de bavarder.

Tyler tourna la poignée et ouvrit la porte. Il nous pressa à l'intérieur dans un couloir sombre. J'entrai en premier, suivi de maman et tante Pearl. Maman alluma les lumières du hall. Tyler ferma la porte et me suivit le long du couloir.

— Pourquoi allons-nous dans la cuisine ? demanda maman.

— Tout s'est passé à l'extérieur.

Même Tyler sembla sceptique tout d'un coup.

— Cen a une théorie.

— Mais bien sûr, elle en a une, marmonna tante Pearl.

— Cen pense qu'elle est plus intelligente que tout le monde.

— Je suis presque sûre d'avoir trouvé quelque chose.

Je me dirigeai vers l'arrière de la grande cuisine et pointai la porte du garde-manger fermée. J'espérai juste ne pas être trop en retard.

— Ouvre ça pour moi, s'il te plaît.

Tyler sortit une paire de gants en latex de la poche de sa veste et les mit. Il tourna soigneusement la poignée de porte. La porte s'ouvrit sur une longue pièce avec des placards du sol au plafond d'un côté et des étagères ouvertes de l'autre. À l'autre bout de la pièce se trouvait un grand congélateur vertical. Il était en acier inoxydable avec deux portes côte à côte et un tiroir profond sur le fond. Tante Pearl regarda le garde-manger, spacieux.

— Ouah, Ruby, tu es certainement allée trop loin avec les appareils. Les comptoirs en granit dans le garde-manger sont un peu trop, tu ne crois pas ?

Maman soupira.

— Tu ne peux pas être gentille pour changer ?

Tyler pinça les lèvres.

— D'accord, et maintenant ?

Je pointai du doigt le réfrigérateur.

— Ouvre-le s'il te plaît.

Il ouvrit une porte de réfrigérateur, puis l'autre. Elles étaient vides. Il se pencha et ouvrit le tiroir du congélateur du bas et sortit un énorme pot de crème glacée. C'était une marque avec un bon rapport qualité-prix, celle vendue par le Gas N'Go. C'était le seul article dans le congélateur, et je savais que le prix de cette crème glacée à prix réduit était à peu près le même que celui de l'article 2 sur le reçu Gas N'Go.

Je ressentis une vague de soulagement que mon intuition se soit révélée correcte à propos de l'article 2 sur le reçu.

— Qu'est-ce qu'un récipient de crème glacée au chocolat a à voir avec quoi que ce soit ? demanda maman.

— Tu ne vas pas vraiment manger leur crème glacée au chocolat, n'est-ce pas ? Ils ne sont même pas encore partis.

— Sois patiente, maman.

Je me tournai vers Tyler.

— Apporte ça dans la cuisine et je vais prendre une cuillère.

Nous suivîmes Tyler hors du garde-manger et dans la cuisine.

— Elle a déjà fait une entorse à son régime, alors elle a décidé de se gaver par frénésie alimentaire, dit tante Pearl.

Maman fronça les sourcils.

— Sérieusement, Cen, tu peux manger toute la crème glacée que tu veux à la maison.

Tante Pearl a dû avoir le dernier mot.

— Ha ! Tu es faible ! Je savais que tu n'avais aucune force pour te retenir.

Je les ignorai en marchant vers l'îlot de cuisine.

Tante Pearl était insistante.

— Cen veut vraiment mourir, Ruby. Plus nous passons de temps ici, plus nous sommes en danger. Nous devons vraiment sortir d'ici avant que quelque chose de terrible n'arrive.

J'essayai de rester calme, même si je perdais patience.

— Je t'ai déjà dit que ne me suis chargée de la malédiction.

— De quoi parles-tu ?

Tyler s'arrêta au milieu de la phrase alors qu'il pensait mieux appâter tante Pearl. Il plaça le carton de crème glacée sur le comptoir en marbre de l'îlot de cuisine et me regarda.

— Rien ne va nous arriver. Gants ? Je tendis ma paume de main.

Tyler sortit une paire de gants en latex de la poche de sa veste et me les tendit. J'enfilai les gants, puis je fouillai les tiroirs et les armoires jusqu'à ce que je trouve une cuillère à crème glacée et un grand bol. Tante Pearl secoua la tête.

— Tu te comportes comme une folle, Cendrine. La malédiction t'a fait perdre la tête.

— J'ai trouvé un reçu du Gas N'Go pour quelques articles achetés la nuit dernière juste avant la fermeture. Jason McCoy a acheté un bloc de glace, un récipient d'un gros pot de crème glacée au chocolat et un autre article que je ne peux pas identifier. Vois-tu un bloc de glace dans ce congélateur ?

— Non, mais ce n'est pas le seul congélateur de la maison, dit maman en pointant vers un autre réfrigérateur de la cuisine, une version plus petite de celle du garde-manger.

— Le tiroir du réfrigérateur du bas est un congélateur.

Tyler s'approcha du réfrigérateur et ouvrit le tiroir. Il était complètement vide à l'exception d'un plateau de glaçons. Il ferma les yeux.

— Pas de bloc de glace là.

— Qu'importe. Peut-être qu'ils l'ont déjà utilisé.

Tante Pearl tapa du pied de plus en plus impatiemment.

— On peut partir maintenant ?

— Je peux m'imaginer acheter des glaçons pour des boissons, dit maman.

— Mais un bloc de glace au milieu de l'hiver n'a pas beaucoup de sens. Nous sommes en février et il fait froid dehors.

— Exactement.

Je posai le récipient de crème glacée sur l'îlot de cuisine et j'enlevai soigneusement le couvercle avec ma main gantée. Je tournai le conteneur sur le côté pour que nous puissions tous voir le contenu.

La crème glacée au chocolat était lisse et intacte, sans aucun signe de cuillère marquant la crème glacée au chocolat. Le pot était encore plein, mais il y avait une caractéristique inhabituelle. Il y avait une couche de givre rauque, comme si la crème glacée avait partiellement fondu puis recongelé.

Je commençai à mettre de la crème glacée dans le récipient et je laissai tomber les cuillères dans le bol.

— Nous devons vraiment aller au fond de cette affaire.

Tante Pearl tapa avec son pied.

— Laisse ton appétit gourmand s'exprimer ailleurs, Cendrine ! Tu ne manges rien dans cette maison maudite !

Je l'ignorai et je continuai à prendre de la crème glacée dans la boîte et à la mettre dans le bol. J'étais à mi-chemin du récipient maintenant, le bout des doigts de mes gants enduits d'un glaçage chocolaté. J'écopai de plus en plus vite, jusqu'à ce que la cuillère à glace heurte quelque chose au fond.

Sous toute la crème glacée se trouvait du plastique avec des inscriptions bleu et blanc. Je le grattai, le découvrant lentement pour lire le lettrage. Le sac en plastique qui contenait autrefois un bloc de glace était soigneusement plié au fond du pot de crème glacée. Le frisson de la révélation était comme découvrir une surprise d'œuf Kinder Surprise ou un bibelot au fond d'une boîte de Bonux. Je levai le pot presque vide.

— Preuve de l'arme du crime, ou du moins du sachet dans lequel elle était emballée.

La bouche de maman formait un « O » au fur et à mesure du développement.

— Steve s'est fait glacer avec un bloc de glace ?

Je hochai la tête et me tournai vers tante Pearl.

— Tu te souviens comment la piscine avait des points chauds et froids quand tu y as mis ta main ?

Les yeux de Tyler s'écarquillèrent sous le choc.

— La main de Pearl était aussi dans la piscine ?

— Commère, lança tante Pearl.

— Cen a fait exactement la même chose quand elle essayait de trouver la ba—

Je mis ma main sur la bouche de tante Pearl.

— Nous avons toutes les deux essayé de prendre ta veste, et tout va bien maintenant.

Tyler nous regarda avec méfiance.

— Qu'est-ce qui se passe entre vous deux ?

— Peu - pas important en ce moment, dis-je.

 — Le tueur a frappé Steven à la tête avec un bloc de glace. Le tueur a fait fondre l'arme du crime, ne laissant aucune trace dans la piscine autre que quelques petits morceaux de glace flottant à la surface, que nous avons tous pris pour du gel en surface.

Tyler sortit son téléphone de sa poche et se dirigea vers la fenêtre. Il transmit nos conclusions au médecin légiste et lui demanda si la blessure à la tête de Steve correspondait au profil d'un bloc de glace. Quelques minutes plus tard, il revint.

 — Elle dit que l'idée de l'arme du crime va comme un gant.

Tyler s'éloigna de quelques mètres pour continuer son appel avec le médecin légiste en privé.

Maman sourit.

 — T'es un génie, Cen ! L'arme du crime a fondu, ne laissant aucune empreinte digitale ou médico-légale. Une chose que je ne comprends pas : cela ne prendrait-il pas une éternité pour qu'un bloc de glace fonde ? La température extérieure est glaciale. Comment quelque chose pourrait-il fondre en hiver ?

 — La piscine est chauffée, fis-je remarquer.

 — En fait, la chaleur a été tournée au max. Steven avait ajusté la température à l'avance, de sorte qu'il fasse assez chaud pour nager. Tout ce que le tueur avait à faire était d'augmenter la température de la piscine encore plus loin jusqu'au maximum. Par contre, tu as raison. Il faudrait un certain temps pour faire fondre un très gros bloc de glace, probablement quinze ou vingt minutes au moins. Ce que nous avons trouvé dans la piscine n'était probablement que des fragments de glace. Tu te souviens quand tu as vu le robinet de la cuisine toujours en marche, maman ? Je pense que le bloc de glace y a été fondu sous l'eau chaude. Les preuves sont littéralement tombées à l'eau. »

CHAPITRE 25

*T*yler termina son appel et retourna dans la cuisine.

— Le tueur devait être aussi grand que Steve pour le frapper à la tête, lui dit maman.

— Plus fort que moi, parce que je ne peux certainement pas soulever un bloc de glace au-dessus de ma tête. Tu m'as déjà exclu, shérif ?

— Je ne peux pas confirmer ou nier, Ruby, dit Tyler.

— Mais c'est vrai. Quelqu'un d'assez fort a tué Steve. C'est probablement un homme.

— Jason s'était engueulé avec Steve juste avant sa mort, déclara maman.

— Jason avait également été viré de l'émission.

— Cela pourrait aussi être Lucky. J'expliquais ce que j'avais entendu entre Lucky et Jason au Witching Post.

— Il parlait d'un travail avec Jason. Je suppose que Jason voulait l'embaucher pour autre chose que pour être barman.

Tante Pearl secoua la tête.

— Pourquoi essaies-tu en permanence de lui mettre des choses sur le dos ? Lucky travaillait et tu le sais, Cen.

— J'explore simplement toutes les possibilités, et leur conversation était suspecte compte tenu de la mort de Steve peu de temps après, dis-je.

— Le tueur connaissait les habitudes de Steve et savait qu'il nagerait dans la piscine. Cela pourrait être quelqu'un de proche de Steve, ou cela pourrait être quelqu'un de proche qui a embauché quelqu'un.

— Tout le monde connaît Steve et ses habitudes dans l'émission de téléréalité, souligna tante Pearl.

Maman fronça les sourcils.

— C'est vrai, mais ses séances d'entraînement de natation étaient nouvelles. Il nous avait dit à Cen et à moi que ses séances d'entraînement de natation avaient commencé en janvier comme une résolution pour le Nouvel An. Ils avaient prévu de le révéler dans un prochain épisode, mais il n'a jamais parlé de nager dans la série. Je le sais, parce que j'ai vu tous les épisodes.

L'obsession de Real McCoys de maman était pire que je ne le pensais. Cependant, son témoignage n'a fait que confirmer que le tueur avait des informations que peu de gens connaissaient.

— Ruby n'a pas tout à fait tort. Seules les personnes de son entourage savaient qu'il nageait, déclara Tyler.

— Le tueur suivit Steve jusqu'à la piscine et le frappa à la tête avec le bloc de glace juste au moment où il atteignait le bord de la piscine, dis-je. Lorsque Steve luttait, l'attaquant le frappa à plusieurs reprises jusqu'à ce que Steve meure. Le tueur poussa son corps dans la piscine.

Maman soupira.

— Le meurtre parfait avec une arme du crime qui fond.

Tante Pearl grogna.

— C'est tellement tiré par les cheveux que c'est incroyable. Pourquoi n'y avait-il pas de traces de pas ? Parce que c'est une malédiction, voilà pourquoi.

— Il y a une explication simple, dis-je.

— Le tueur a versé de l'eau chaude sur le patio pour effacer ses traces alors qu'il rentrait dans la maison.

Tante Pearl secoua la tête.

— Tes théories deviennent de plus en plus stupides, Cendrine. Les plans cupides de Ruby et toi pour devenir riche rapidement vont tous nous ruiner.

Maman roula des yeux, mais garda le silence. Il était difficile d'ignorer Tante Perle, mais j'insistai.

— Le tueur devait encore se débarrasser du sachet dans lequel la glace était emballée. Qui regarderait dans un récipient de crème glacée plein de crème glacée ? Personne, il s'avère. Pas même les enquêteurs de Shady Creek. Le tueur a transféré la crème glacée dans un autre récipient comme je l'ai fait tout à l'heure. Il l'a mise au micro-ondes pour le liquéfier. Il a placé le sachet vide dans le fond du récipient de crème glacée, puis a versé la crème glacée fondue dans le récipient de crème glacée pour couvrir le sachet. Puis il a remis la crème glacée dans le congélateur pour la recongeler.

— Y a-t-il un moyen de savoir qui est venu et qui est parti d'ici ? demanda maman.

— Il y a des caméras, mais malheureusement, la caméra de la porte d'entrée était éteinte, déclara Tyler.

— Ce qui indique également qu'il s'agit d'un travail en interne. Quelqu'un a planifié ça. Celui qui a tué Steve a eu la prévoyance d'éteindre cette caméra, mais pas les autres.

— Et les autres caméras ? demanda maman.

Tyler secoua la tête.

— Elles n'ont enregistré aucune activité non plus. Malheureusement, elles ne couvrent pas toutes les parties de la propriété et toutes les caméras n'étaient pas en bon état de fonctionnement. Il est tout à fait possible que quelqu'un soit allé et venu, mais ait échappé à la détection. En fait, cela doit être le cas puisque nous n'avons trouvé aucun intrus sur les images.

— Pas de caméras dans la piscine ? demandai-je.

— Il y en avait sûrement une à la porte de la piscine.

Tyler secoua la tête.

— Désolé, non.

Tante Pearl tapa avec son pied de frustration. Elle secoua un doigt en direction de maman.

— Tes caméras ne fonctionnent même pas. Ta magie bâclée nous a ruinés pour toujours, Ruby.

Maman rougit de colère.

— Ma « magie bâclée » paie l'hypothèque, Pearl.

Tante Pearl péta les plombs.

— Tu ruines notre réputation et tu chasses les étudiants de l'école de magie de Pearl. Nous ne nous en remettrons jamais.

Tyler s'interposa entre maman et tante Pearl et tendit les paumes de ses bras.

— Arrêtez de vous chamailler et concentrez-vous. La caméra de la porte d'entrée aurait été utile, mais il existe d'autres moyens de déterminer qui était là et qui n'était pas là.

— Eh bien, shérif. Dépêche-toi de nous le dire. Tante Pearl croisa les bras et tapa du pied.

— J'attends.

Tyler prit une profonde inspiration.

— C'est vrai que seules quelques personnes sont assez fortes et assez grandes pour tuer Steve. Il est également vrai qu'un petit nombre de personnes avaient le motif et l'opportunité de tuer Steve. Pour le moment, concentrons-nous uniquement sur le motif. À qui profite la mort de Steve ?

— Jason était furieux d'être exclu du spectacle, en plus il a une habitude de drogue coûteuse, déclara maman.

— Ça doit forcément être lui.

— Pourquoi ne tuer que Steve et pas Serena aussi ? demandai-je.

— Il allait probablement la tuer ensuite, déclara maman.

— Possible, dit Tyler.

— Bien que je pense qu'il voudrait en finir dès que possible. Il aurait attendu qu'ils soient seuls ensembles et les aurait tués tous les deux. Tu aurais pu être tué aussi, parce que tu as presque certainement interrompu le tueur. Je pense que c'est la personne à qui tu parlais. Tu te souviens clairement de la voix ? L'imitateur de Steve aurait-il pu être Jason, par exemple ?

— Je, je ne suis pas sûre. J'écoutais les mots, pas tellement la voix, déclara maman.

— Je ne pense pas que ce soit Jason, dit Tyler.

— Il serait plus susceptible de les voler, alors les tuer, c'est comme tuer l'oie d'or. Peu importe à quel point il est en colère, il n'a personne d'autre. Il dépend financièrement d'eux, et à cause de cela, les Real McCoys continuent de fournir un revenu. Ce revenu s'évapore avec Steve parti. Tout le monde dans l'entourage a le même effet dissuasif.

Quand j'ai entendu Jason et Lucky parler, on aurait dit que Jason voulait l'engager pour faire quelque chose de louche, dis-je. De plus, Lucky est venu sur la propriété juste après la mort de Steve. Il devait servir au bar du Witching Post, mais je ne sais pas exactement quand il est parti.

— Mais Lucky le ferait pour Jason, dit Tyler. Le résultat final est le même : les liquidités de Jason s'assèchent.

— Il pourrait aussi s'agir d'un triangle amoureux, dis-je.

— Peut-être que Serena voulait mettre Steve à l'écart.

— Mais sans Steve, l'émission n'existerait plus, dit maman.

— Pas s'il y avait une autre co-vedette, répondis-je.

— C'est une émission de téléréalité qui se nourrit de conflits. C'est comme un combat de boxe WWE all stars. C'est un spectacle à des fins de divertissement. Tout ce dont tu as besoin, c'est de quelqu'un prêt à jouer le jeu. Quelqu'un qui va faire des choses scandaleuses, jouer le personnage de Serena, quelqu'un qui va s'en remettre à Serena, quelqu'un qui est attirant, qui était aussi intéressant que Steve. Quelqu'un comme — .

— Danny Nastasio ! disaient maman et tante Pearl à l'unisson.

— Tu as vu comment cet homme la regardait ? s'exclama maman.

— J'aimerais qu'un homme me regarde comme ça.

Tante Pearl hocha la tête.

— Je parie qu'il fait beaucoup plus que conduire sa voiture. Leur histoire sur le shopping chez Bunny's Key to Fashion est tout simplement ridicule. Qui pourrait sérieusement passer 45 minutes dans le magasin de Bunny ? C'était juste pour fabriquer un alibi. Ma bouche s'ouvrit, choquée par le brusque changement d'opinion de tante Pearl.

Tyler se mordit la lèvre.

— Cela a beaucoup de sens. Un divorce menace la suite de l'émission puisqu'il s'agit d'un couple marié. De plus, Serena devrait tout partager financièrement avec Steve. Si Serena est veuve, alors elle hérite de la moitié de Steve et obtient probablement un bon pactole de l'assurance aussi. Je fis oui de la tête.

— L'alibi de Bunny n'est pas si fiable à cause de sa mémoire défaillante, mais qu'en est-il d'Abby, Danny et Serena qui se donnent un alibi mutuellement ? Ils se soutiennent mutuellement, mais que se passe-t-il s'ils dissimulent un meurtre ?

J'avais une idée, mais j'avais besoin de l'aide de Tyler pour le prouver.

CHAPITRE 26

Tyler appela la police de Shady Creek pour surveiller Serena et son entourage alors qu'ils dînaient dans un restaurant chic de Shady Creek. La police avait reçu l'ordre de retarder leur départ d'au moins une heure. Pendant ce temps, Tyler et moi étions assis dans son bureau et examinions des enregistrements de caméras de surveillance devant le Bunny's Key to Fashion et le café voisin.

Il était clair à la vue de la caméra de Bunny que la Mercedes de Serena n'avait jamais quitté sa place de parking à l'extérieur du magasin de vêtements, donnant aux deux femmes ce qui semblait être un alibi hermétique. Cependant, on ne pouvait pas voir si quelqu'un venait ou sortait de la Mercedes, car seul l'arrière du SUV était filmé.

Il afficha les séquences à l'écran, une caméra après l'autre. Il montra les images à l'écran, une caméra à la fois. Il balaya plusieurs caméras, mais ne trouva rien de signifiant. Serena et Abby avaient été vues en train d'entrer dans le magasin. La Mercedes n'avait jamais quitté sa place de parking. Il y avait trois sociétés avec des caméras de sécurité qui enregistraient les mouvements dans et autour du magasin de Bunny. Aucune d'entre elles ne montra autre chose que Serena et Abby entrant dans le magasin, et leur départ près de deux heures plus tard.

Il était difficile de rester plus d'une dizaine de minutes chez Bunny's Key to Fashion pour y faire des achats. Deux heures, était une éternité pour fouiller dans ce minuscule magasin. Même en prenant en compte le bavardage avec Bunny, ils auraient dû être dehors au plus tard après vingt minutes.

Il y avait quatre autres magasins avec des caméras de sécurité, mais ils ne faisaient pas face au magasin. Tyler accéléra la lecture pendant que nous scannions chacun d'eux. Ce fut un travail fastidieux, même avec la lecture accélérée.

Trente minutes plus tard, Tyler cliqua sur les images de la caméra de sécurité devant le Molly's Café and Bistro. Le café se trouvait juste à côté de Main Street et au coin de la rue du magasin de Bunny. C'était à proximité générale du magasin, mais elle n'offrait aucune vue sur le magasin lui-même.

Il y avait plusieurs véhicules garés dans la rue, dont une camionnette blanche garée juste devant le café. La camionnette avait attiré mon attention parce que c'était un modèle de l'année en cours. La plupart des gens de notre ville plutôt pauvres conduisaient des voitures qui avaient au moins dix ans, alors la camionnette blanche se démarquait vraiment.

Je tapai sur l'écran.

— Peux-tu faire une pause et zoomer ? Cette camionnette ressemble à l'une des camionnettes Real McCoys garées dans notre auberge.

Tyler zooma sur la plaque d'immatriculation de la voiture, qui venait d'un autre État. Il nota le numéro de la plaque avant de s'éloigner vers un autre bureau. Quelques instants plus tard, il revint.

— T'as raison, Cen ! Ces plaques sont enregistrées auprès de la société de production cinématographique McCoy's.

Tyler redémarra les images. Une minute plus tard, la camionnette sortit de la place de stationnement à l'extérieur du café. Elle tourna au coin de la Main Street et disparut. Nous avons regardé la place de parking vide rester vide au fur et à mesure que la caméra avançait.

— Peut-on revenir au moment où la camionnette a été garée ? J'espérais apercevoir le chauffeur.

Tyler secoua la tête.

— Cette caméra spéciale a démarré exactement à l'endroit où cette voiture était déjà garée. C'est une boucle qui réenregistre constamment de nouvelles séquences toutes les 24 heures. Il nous reste encore quelques caméras à examiner. Peut-être qu'il y aura autre chose.

— Cela signifie que le conducteur était déjà au volant à 10h30, lorsque la caméra a commencé à tourner.

J'étais déçue de ne voir personne monter dans la camionnette. Il y avait un va-et-vient de gens sur le trottoir, mais la place de parking restait vide pendant ce qui semblait être une éternité. Soudain, la camionnette blanche revint, se garant au même endroit devant le café.

— Il est de retour ! dit Tyler.

— Il était parti pendant à peu près de deux heures. Bien sûr, il pourrait y avoir une explication logique à cela.

— Cela dépend de qui conduit, dis-je.

Tout le monde était tellement concentré sur la Mercedes pour confirmer leurs alibis que les mouvements des autres véhicules n'ont pas été examinés de près. Jusqu'à présent.

— Peux-tu l'agrandir sur l'écran, Tyler ?

Il agrandissait l'image.

— C'est trop flou pour voir quoi que ce soit, surtout vu du côté passager. Il y a quelqu'un sur le siège du conducteur — évidemment — puisque cette personne vient de garer la voiture. N'importe quel membre de l'équipe pourrait avoir une raison valable d'être là, mais c'est une terrible coïncidence.

— Il va probablement sortir de la camionnette, dis-je.

— Mais cette vue est du côté du passager. Y a-t-il un autre angle de caméra de l'autre côté de la rue ?

— Déjà dessus.

Tyler cliqua sur un autre fichier et nous vîmes le café depuis l'angle de la caméra qui couvrait le côté conducteur de la voiture. Bientôt, un grand homme sortit de la camionnette. Il portait une casquette de baseball basse sur les yeux et une veste volumineuse de couleur foncée. Aussi bien l'ombre des bâtiments que le bord de sa casquette obscurcissaient son visage et il était difficile de l'identifier. Il se dirigea rapidement vers le coin avant de disparaître. Il se dirigea vers le magasin de Bunny.

— Regarde comment il lève les bras en l'air en marchant. C'est une démarche très distinctive. Je pense que c'est Danny Nastasio !

Tyler agrandit l'image.

— Sa morphologie lui ressemble. Danny prétendait avoir été garé à l'extérieur de Bunny pendant tout le temps, donc si tu as raison, son alibi ne vaut rien. Il aurait pu se rendre à la villa des Rocklin et entrer dans la propriété sans se faire remarquer. Il tue Steve, court à nouveau vers la voiture, revient la garer au même endroit et retourne à la Mercedes. Je vais contacter d'autres magasins pour voir s'il y a des enregistrements de caméras de sécurité que nous aurions oubliés. Je vais également faire revenir la police scientifique de Shady Creek ici pour relever les empreintes digitales et l'ADN du bac à glace et de l'emballage du bloc de glace. Je ne m'attends pas à ce qu'il y ait les empreintes digitales ou l'ADN de Danny dessus, puisque nous savons que c'est Jason qui l'a acheté. À moins que Danny n'ait servi la glace ou rangé les aliments. Je demanderai à l'équipe médico-légale de prélever l'ADN dans le restaurant Shady Creek où Serena et compagnie sont en train de manger. La confirmation de l'ADN prendra un certain temps, mais j'espère que les empreintes digitales nous donneront une confirmation préliminaire suffisante pour aller plus loin.

Le téléphone de Tyler bourdonna. Il y jeta un coup d'œil, puis me regarda à nouveau.

— Je dois prendre ça — c'est le médecin légiste.

Je hochai la tête et me recentrai sur l'écran. Il devait y avoir quelque chose de plus concluant devant la caméra. Un bon avocat pourrait probablement expliquer les empreintes digitales et l'ADN, et s'ils le faisaient, alors il n'y avait pas de charges contre qui que ce soit. Même si le médecin légiste changeait d'avis sur l'origine du décès, ce serait une bataille difficile de porter des accusations sur de simples preuves circonstancielles.

Serena ajouterait à la pression. L'émission de téléréalité Real McCoys attire des dizaines de millions de téléspectateurs. Qu'on le veuille ou non, une communauté de fans aussi importante pourrait éventuellement influencer l'inculpation ou non et la nature de cette inculpation. La mort de Steve serait décortiquée dans l'émission, dans une émission regardée par des millions de personnes. Serena contrôlerait l'histoire, et les preuves du contraire devraient être assez convaincantes.

Je zoomai à nouveau sur la camionnette, espérant voir quelque chose que nous avions manqué plus tôt. Le soleil radieux empêchait de voir à l'intérieur de la voiture. Mais le conducteur de la camionnette était en quelque sorte impliqué avec les McCoys, puisqu'elle était immatriculée à leur nom. Le conducteur était un inconnu que les gens du coin se souvenaient peut-être avoir vu. Tyler revint en courant dans la pièce, à bout de souffle.

— Prends ton manteau, tu viens avec moi.

Ce qu'il dit ensuite changea tout.

CHAPITRE 27

Le médecin légiste a maintenant officiellement changé la cause du décès, passant d'indéterminée à un homicide par traumatisme contondant, sur la base des preuves du bloc de glace. Elle a confirmé que la taille et la forme correspondaient au traumatisme contondant sur la tête de Steve.

Les flocons de neige se transformaient en neige épaisse alors que nous nous dirigions vers Shady Creek. La police de Shady Creek attendait l'arrivée de Tyler. Ensuite, on emmènera Serena, Jason, Danny et Abby au poste de police pour qu'ils témoignent sur les preuves découvertes. Les pneus de la Jeep glissèrent sur la route non déneigée alors que nous contournions un virage sur la route.

J'attrapai la poignée de la porte pour me stabiliser pendant que nous dérapions.

— Ralentis, Tyler. Ils n'iront nulle part.

Il se retourna vers moi.

— Ne sois pas si sûre. Quelqu'un leur a soufflé que nous étions au manoir. L'agent infiltré, assis à la table voisine, les a entendus discuter de s'ils devaient retourner au manoir ce soir ou non. Ils représentent tous un risque de fuite. Serena a évoqué la possibilité d'affréter un vol.

En fait, à l'instant même, Abby appelle des compagnies de charters locales.

Le restaurant était à quatre-vingts kilomètres de l'autoroute et à une distance égale de l'aéroport régional. Nous étions à une trentaine de kilomètres sur une route rurale, malchanceux de les attraper à temps.

— La police de Shady Creek ne peut pas les retenir ?

— Ils ne peuvent pas détenir un groupe de personnes sans raison valable. Pas sans les arrêter.

— Tu penses vraiment que quelqu'un volera par ce temps ? L'aéroport de Shady Creek est généralement fermé par temps venteux. J'espère bien que non, Cen, mais avec de l'argent, quelqu'un les fera probablement voler. Serena a également parlé à son avocat d'un procès pour décès accidentel. Elle veut poursuivre Ruby ainsi que la ville. Westwick Corners n'a pas les moyens de s'opposer à une action en justice. Nous devrions payer des indemnités, ce qui mettrait la ville en faillite.

— Elle se sert du procès comme d'une diversion, dis-je.

— C'est pour faire peur, pour que tu ne poursuives rien d'autre qu'une mort accidentelle.

— Ça ne marchera pas avec moi, dit Tyler.

— Son comportement étrange de veuve éplorée est définitivement accablant. Pourquoi envisagerait-elle même de protéger toute personne qui a peut-être tué son mari ?

Je fis oui de la tête.

— Je ne pense pas que ce soit Jason qui a tué Steve, dit Tyler. Je ne pense pas une minute que Serena, sa belle-mère, le soutiendrait financièrement une fois Steve parti, et je crois que Jason le sait. Serena ne le protégerait pas non plus.

— Tu penses que quelqu'un a demandé à Jason d'acheter la glace ?

Je fis oui de la tête.

— Oui. Les seules personnes qui peuvent commander Jason sont Serena ou Steve. L'un d'eux lui a probablement demandé de prendre quelques articles au magasin.

— Mais son emploi du temps n'a pas été validé et tu as vu la voiture disparaître du parking du Witching Post.

— Oui, confirmai-je.

— Mais je l'avais vu au bar quelques minutes plus tôt. Cela n'aurait pas laissé assez de temps pour tuer Steve, faire fondre la glace et cacher le sac dans le congélateur. Il semble être le suspect évident, mais je soupçonne qu'on l'a piégé.

— Tu penses que Serena— ?

J'acquiesçai d'un coup de tête.

— Danny Nastasio est bien plus qu'un simple employé loyal. Je pense qu'il est amoureux de Serena. As-tu remarqué la façon dont il la regarde ? Je veux dire, elle est belle, mais c'est plus que ça.

— Tu penses qu'il est amoureux d'elle ? demanda Tyler.

— N'est-ce pas évident ? La façon dont il est toujours autour d'elle, mais contrairement à Abby, il reste juste à l'arrière-plan pour ne pas attirer l'attention sur lui. C'est l'homme bizarre dans un triangle amoureux, et il en a marre. C'est un puissant motif de meurtre.

Tyler hocha la tête.

— Un amant jaloux. Mais il a moins à gagner que Serena. Avec Steve parti, elle n'a pas besoin de divorcer. Elle voulait probablement sortir de la relation sans l'inconvénient financier. Pas de bataille de garde cependant. Ils n'ont pas d'enfant ensemble.

— Pas d'enfants, mais leur émission de téléréalité est en quelque sorte leur bébé, puisqu'ils l'ont commencé ensemble à partir de rien et l'ont transformé en un empire de plusieurs millions de dollars. Ils auraient pu être en désaccord sur la direction de l'émission, la propriété intellectuelle ou le merchandising. Ce ne serait pas la première fois. Je sais que Steve s'est opposé à ce que Jason soit exclu de la série, mais c'est arrivé quand même. Il a fini par l'accepter, mais c'est Serena qui décide.

— Abby a aussi laissé échapper que Steve serait exclu de la série l'année prochaine. Je ne peux pas l'imaginer démissionner volontairement. Cette série a été un vrai coup de chance pour les deux. Sinon, pourquoi aurait-il dit que son entraînement de natation ferait partie de la prochaine saison ? Il ne fait aucun doute que Serena est plus populaire que Steve, mais elle avait toujours besoin de lui comme complice pour équilibrer son comportement psychotique. Les gens regardent l'émission chaque semaine parce qu'ils sont accros à leur relation dysfonctionnelle.

— Cela rendrait son meurtre prémédité, déclara Tyler.

— Si Serena avait déjà exclu Steve de la série parce qu'elle savait qu'il serait mort d'ici la saison prochaine, c'est assez incriminant. Je me demande si ses séances d'entraînement de natation étaient son idée ou la sienne ? Peut-être que nous pouvons trouver un script qui le prouve. Plus nous avons de preuves, plus le dossier est solide.

Alors que nous nous dirigions vers le parking du restaurant, j'ai été soulagé de voir la Mercedes blanche toujours garée à l'extérieur. Je ne pouvais pas non plus m'empêcher de remarquer une voiture de police banalisée garée en face, avec deux flics infiltrés à l'intérieur.

CHAPITRE 28

Le bourdonnement conversationnel du restaurant occupé se calma soudainement. Les gens se tournèrent vers les voix élevées. Certains reconnaissaient la star au milieu d'eux. Deux autres personnes étaient des policiers infiltrés supplémentaires. Un homme et une femme, tous deux âgés d'une trentaine d'années et d'apparence en forme, étaient assis de l'autre côté du couloir, dans une niche légèrement en retrait. Ils étaient prêts à passer à l'action à tout moment.

— Vous êtes tous fous ! jura Serena.

— Les producteurs ont exclu Steve de la série parce qu'il était assez imprévisible ces derniers temps. D'épisode en épisode, il est devenu de plus en plus difficile de filmer sans que Steve pète les plombs. Dis-leur, Abby.

Abby se mordit la lèvre, clairement mal à l'aise avec la demande de Serena.

— Je sais que le scénario a été modifié la semaine dernière. Steve devait être remplacé par une nouvelle co-vedette.

Je fronçai les sourcils.

— Une nouvelle co-vedette ? C'est une émission de téléréalité sur la vie d'un couple marié. Alors, pourquoi nous avoir demandé d'organiser le renouvellement des vœux ?

Abby haussa les épaules.

— C'est confidentiel. Je ne peux pas vous en dire plus.

Serena roula des yeux.

— La série Real McCoys n'est qu'une série sur l'amour et tous ses hauts et ses bas, et nous voulions prendre notre retraite au sommet de notre carrière. Cela faisait partie du processus et il s'agissait d'écrire les derniers chapitres de notre relation sur le petit écran. Cela n'a rien à voir avec notre relation réelle. Ce n'est pas parce que c'est une émission de téléréalité qu'elle suit notre vie à la lettre. Nous sommes trop ennuyeux dans la vraie vie. Vous nous avez vus, Cen. Est-ce que vous voudriez regarder ce genre de choses pour vous divertir ?

Je me souvins de notre première rencontre entre Serena, Steve et maman. Ils faisaient le couple parfait, mais les acteurs étaient doués pour faire semblant.

— Non, bien sûr que non.

— Contente que ça se soit éclairci. Vous avez fait tout ce chemin dans une tempête de neige pour rien. Serena se tourna vers Abby.

— Réserve-nous des chambres d'hôtel ici pour la nuit.

L'agent infiltré qui était assis à proximité s'est levé de son siège et s'est dirigé vers la porte. Juste à ce moment-là, une serveuse d'une vingtaine d'années est apparue avec la note et une demande d'autographe.

Danny se leva et s'approcha pour attendre Serena alors qu'elle fouillait dans son sac à main. Il croisa les bras et nous regarda, le visage sans expression.

J'étais parfaitement sûre que c'était lui le conducteur de la camionnette. Sa taille et sa corpulence étaient uniques. Il était plus grand que Tyler de quelques centimètres, et c'étaient ses bras musclés qui lui donnaient cette démarche marquée, les bras en l'air.

Serena a laissé tomber sa carte de crédit sur la table et a griffonné sa signature pour la serveuse sur une serviette en papier.

— Où est Steve ? demanda la serveuse.

— J'aimerais aussi son autographe à lui.

Après quelques secondes de silence, Serena répondit.

— Eh bien, j'ai bien peur que vous n'ayez pas de bol, il est indisposé. Quoi que vous ayez entendu ici, vous devez promettre de ne pas en dire un mot.

Elle laissa tomber trois cents dollars sur la table et se leva.

— Gardez la monnaie.

— Abby, as-tu déjà trouvé un hôtel ?

— Ce ne sera pas nécessaire, dit Tyler. Vous venez tous avec moi.

* * *

DIX MINUTES PLUS TARD, Serena, Abby et Danny étaient assis dans des salles d'interrogatoire séparées au commissariat de Shady Creek. Serena craqua en premier. Elle affirma que c'était Danny qui avait tué Steve en état d'ébriété et de colère, et qu'il l'avait également menacée. Comme Tyler ne la croyait pas, elle tenta de négocier avec lui et lui proposa d'abandonner ses poursuites pour homicide involontaire si Tyler arrêtait l'enquête. Il resta impassible.

J'étais assise dans une autre pièce et je regardai l'interrogatoire de Danny se dérouler devant la caméra. Tyler et un commissaire de Shady Creek rapprochèrent leurs chaises de Danny. Tyler parlait. Après un questionnement intense, le « grand » Danny était plutôt devenu une grande carpette. Le grand gaillard s'enfonça dans sa chaise en plastique et croisa les bras. Il baissa les yeux vers le sol. Il était battu et le savait.

Tyler fit glisser sa chaise encore plus près.

— Nous avons vos mouvements devant la caméra, Danny. Nous avons la preuve que vous avez tué Steve, il est donc dans votre intérêt de coopérer.

— Je n'étais même pas près de la maison. Je vous ai dit que j'attendais devant le magasin de vêtements. Il regarda autour de lui pour s'échapper, mais ce n'était pas possible.

— Serena nous a tout raconté, dit le commissaire de Shady Creek.

— Vous avez tout planifié et vous allez passer le reste de votre vie en prison.

Danny secoua la tête.

— J'attendais dans la voiture tout le temps pendant qu'ils faisaient leurs courses. Je peux le prouver.

Le commissaire de Shady Creek se leva et se dirigea vers la porte. Il tira sur la poignée de la porte.

— Nous avons la preuve du contraire. Vous voulez bien nous donner votre version ?

— Il n'y a pas de version. Juste la vérité, déclara Danny.

— Je vous l'ai déjà dit, je n'étais pas là.

Sous l'apparence dure de Danny se cachait un homme crédule et amoureux.

— Je pense qu'il y a eu une sorte de confusion. Laissez-moi lui parler.

— Non. Même si on vous laissait faire, c'est une mauvaise idée, Danny.

Le commissaire de Shady Creek s'appuya contre le mur.

— Je ne le recommande pas, d'autant plus qu'elle vous accuse de meurtre.

Danny jura. Il baissa sa tête pendant une minute complète. Puis il la leva et regarda Tyler dans les yeux.

— Ce n'était pas moi — il la maltraitait, et quand elle a demandé le divorce, il a menacé de la tuer.

Le commissaire de Shady Creek ricana.

— Cela ressemble à un épisode des Real McCoy. Elle une bonne actrice, il faut le dire. Vous avez gobé son histoire, n'est-ce pas ?

La voix de Danny craqua.

— C'est vrai — j'ai vu les bleus. Serena craignait pour sa vie. Elle m'a supplié de l'aider.

— Elle vous a demandé de le tuer ? demanda Tyler.

— Elle, euh… n'a pas vraiment prononcé ces mots exacts, mais je savais ce qu'elle voulait, dit Danny.

— Je devais l'aider. Si je ne le faisais pas, nous ne serions jamais ensemble.

— Vous étiez amoureux d'elle. Tyler poussa la boîte de mouchoirs sur la table vers Danny.

— Depuis combien de temps avez-vous une liaison ?

Danny soupira.

— Depuis plus d'un an. Elle était prête à le quitter, mais il a appris pour nous deux. Il l'a frappée, il m'a menacé. Il allait nous tuer tous les deux.

— Il vous a confronté ? demanda Tyler.

Danny secoua la tête.

— Non, pas directement. Mais Serena m'a dit qu'il avait appris pour nous. Elle n'arrêtait pas de me dire qu'elle le quittait, mais la série télé…

— Vous l'avez crue sur parole ? Elle vous a roulé, Danny, déclaré le commissaire de Shady Creek.

— Elle vous a manipulé pour faire son sale boulot, pour tuer un homme innocent.

— Non non ! Ce n'est pas du tout comme ça. Elle était en danger… nous nous aimons.

Danny sortit un mouchoir de la boîte et tamponna ses yeux.

— Elle ne voulait pas qu'il meure ; elle voulait juste le quitter, mais il ne voulait pas la laisser partir. Je voulais lui parler seul, le confronter à tout ça. J'y suis allé seul, parce que Serena ne voulait pas que je m'implique. C'est pourquoi je me suis faufilé là-bas pendant que Serena et Abby faisaient du shopping. Je voulais lui faire peur, c'est tout.

— Comme c'est gentil de votre part, dit le commissaire de Shady Creek.

— Vous la couvrez alors qu'elle vous jette dans la gueule des crocodiles. Elle vous rend responsable de tout, Danny. Vous allez passer le reste de votre vie en prison ; elle trouvera un nouveau mec.

— Non.

Mais pour la première fois, Danny n'avait pas l'air sûr de lui. À en juger par son langage corporel, il était vraiment amoureux de Serena et croyait qu'elle ressentait la même chose.

— Vous l'avez tué, Danny, dit Tyler doucement.

— Avec le bloc de glace que vous vous êtes procuré avant. Vous avez tout planifié. La préméditation est un meurtre au premier degré.

— Je n'ai jamais acheté ce bloc de glace. Il était déjà là. Serena m'a demandé de me faufiler par la porte d'entrée déverrouillée et d'aller chercher un bloc de glace dans le congélateur. Je voulais juste faire peur à Steve, le harceler un peu. Danny s'interrompit.

— Je l'ai à peine touché quand il est soudainement tombé et a perdu connaissance. J'ai paniqué et je l'ai poussé dans la piscine.

Serena avait planifié le meurtre de Steve. Danny était au moins aussi coupable, mais il essayait d'échapper à une accusation de meurtre au premier degré. Quant à Jason qui a acheté la glace, il était probablement un complice involontaire. Serena a poussé Jason à acheter ces articles dans le magasin, sachant pertinemment qu'ils seraient utilisés contre son père. Jason était également un bouc émissaire commode à accuser, mais Serena n'avait pas prévu les autres preuves qui pointaient vers Danny.

Serena a failli s'en tirer avec un meurtre parfait, commis par son amant avec les preuves qui désignaient son beau-fils. Son timing terriblement court aurait également fonctionné. Si maman n'avait pas découvert Steve dans la piscine, il aurait été facile pour Serena de retarder la découverte de son corps, et la mort serait certainement passée pour un accident.

— Elle ne vous aime pas, Danny. Elle ne l'a jamais fait. Elle dément même que vous n'ayez jamais été amants et affirme que vous avez agi de votre propre chef.

Tyler se gratta le menton.

— Vous mentez ! La colère faisait briller les yeux de Danny.

— Elle allait le quitter pour moi.

Le commissaire de Shady Creek secoua la tête.

— Pas selon elle. Elle prévoyait de vous virer. Elle dit que vous étiez jaloux, que vous étiez tombé amoureux d'elle, et que c'était gênant. Elle aurait déjà engagé un avocat qui en aurait après vous, fiston.

— Elle n'a jamais dit ça, dit Danny, d'une voix désespérée.

CHAPITRE 29

Au moment où nous étions prêts à retourner à Westwick Corners, la neige s'était arrêtée, les routes avaient été fraîchement déneigées et le soleil s'était levé le jour de la Saint-Valentin. J'étouffai un bâillement alors que Tyler remontait l'allée venteuse vers l'auberge. L'équipe des McCoy était partie après un petit-déjeuner hâtif, ce qui me convenait parfaitement. Cela faisait vingt-quatre heures que je n'avais pas dormi, et je n'étais pas d'humeur à m'occuper d'hôtes.

Mon estomac — mon estomac désormais mince et maigre — criait famine pour des œufs, des toasts et du café.

Une fois arrivés, nous nous dirigeâmes vers la cuisine et chargeâmes nos assiettes de nourriture.

Je me servis une grande tasse de café et me rendis dans la salle à manger avec mon assiette de petit-déjeuner. Elle était chargée d'œufs brouillés, de toasts au beurre et de biscuits aux myrtilles. J'avais abandonné mon régime. Peu de temps après la levée de la malédiction, mon corps avait retrouvé sa circonférence d'avant la malédiction. Je soupçonnais que ma taille gonflée n'était pas seulement due à la malédiction, mais aussi à l'un des sortilèges de tante Pearl. Mais je ne pourrais jamais le prouver.

Tyler était déjà assis à un bout de la table à manger, un air amusé sur le visage, lorsqu'il entendit maman et tante Pearl se chamailler.

— Reconnais que tu as tort et vends le manoir Rocklin, Ruby.

— Certainement pas ! Ce n'est pas nécessaire, car Cendrine a enlevé la malédiction.

Tyler fronça les sourcils.

— Qu'est-ce que cette histoire de malédiction dont tout le monde ne cesse de parler ?

Tante Pearl mit un doigt sur ses lèvres.

— Chut ! Le simple fait de la mentionner nous porte malheur.

Maman riait.

— Tu peux dire tout ce que tu veux, parce que ce n'est pas réel. Cependant, une bonne histoire de malédiction est exactement ce qui attire les touristes. Je suis contente que Cen ait travaillé sa magie, mais je n'ai jamais, jamais cru à la malédiction Rocklin. C'est juste un mythe.

Mes pensées dérivèrent en sirotant mon café. Tout était à nouveau en ordre. C'était la Saint-Valentin, Tyler et moi avions prévu de dîner dans un restaurant chic ce soir, et il allait — mais, attend une seconde ! Comment pourrait-il faire une demande en mariage avec une bague de fiançailles disparue ? Tyler se leva et se dirigea vers la fenêtre.

— Pouvons-nous reporter notre dîner, Cen ? Les routes sont glacées, et je n'ai pas envie de retourner à Shady Creek. Je préfère rester ici.

Était-ce à cause de la neige ou juste une excuse pour une bague perdue ?

— D'accord.

J'étais soulagée et déçue en même temps. Au moins, cela m'a donné une chance de m'occuper de Tante Pearl et de la bague disparue.

— Nous y irons une autre fois. Ce soir, j'aimerais plutôt te préparer un dîner spécial pour la Saint-Valentin.

— Eh bien, c'est une première ! dit tante Pearl avec sarcasme.

— Alors, pourquoi ne pas préparer un dîner pour tout le monde. Tyler sourit.

Et c'est ce qu'il a fait.

CHAPITRE 30

La malédiction ayant disparu, j'ai pu porter ma belle robe ornée de perles. Elle était encore plus belle que dans mes souvenirs et se fermait très facilement. Je posai devant le grand miroir de ma chambre, heureuse, et aussi un peu soulagée, qu'elle m'aille. Elle était même un tout petit peu lâche.

Je jetai un dernier coup d'œil, puis descendis dans la salle à manger où la table était dressée avec la plus belle porcelaine de maman. Il y avait une salade César, du pain à l'ail fraîchement cuit et plusieurs plats de légumes chauds fumants.

Tyler sortit de la cuisine avec un plat de fettucine au poulet cuit au four. Il posa le plat sur la table et s'approcha au pied de l'escalier. Il me prit dans ses bras et m'embrassa.

— Cen tu es magnifique.

Je regardai mon beau petit ami avec son sourire irrésistible, pensant à quel point j'étais incroyablement chanceuse.

Maman entra dans la salle à manger avec un grand plat en cocotte, et tante Pearl traîna derrière elle, les mains vides.

Maman sourit à Tyler alors qu'elle posait le plat de la cocotte sur la table.

— Tu ne nous as jamais confié que tu savais cuisiner.

— Je ne suis pas un gourmet comme toi, Ruby. Ton talent est vraiment magique.

— Lèche-bottes.

Tante Pearl attrapa une tranche de pain à l'ail dans l'assiette sur la table et en prit une bouchée.

— Tu sembles aimer ma cuisine, dit Tyler.

Je n'en revenais pas.

— Où as-tu trouvé le temps de faire tout cela ? Quand as-tu eu le temps de faire les courses ?

Tyler sourit.

— Je planifie toujours tout.

On frappa à la porte d'entrée. Maman répondit, et revint une minute plus tard avec le petit ami de tante Pearl, Earl. Il s'assit à côté de tante Pearl, en face de Tyler et moi. Maman s'assit à la tête de la table et grand-mère Vi flotta au-dessus de la chaise vide au pied de la table, fredonnant une chanson.

Cela promettait d'être amusant.

C'était un dîner de famille au lieu d'un dîner romantique. Ou peut-être que ce serait un peu des deux. L'amour romantique, l'amour familial, tout va bien. Tyler était désormais pratiquement un membre de la famille, et il était temps de lui parler de la grand-mère fantôme. Il y avait un temps et un lieu pour tout, mais ce n'était pas le moment.

Il y avait quelque chose dans l'air.

Earl se leva et entra dans le salon. Quelques secondes plus tard, il revint avec une guitare. Il passa la sangle sur son épaule et se dirigea vers la table. Il s'arrêta à côté de tante Pearl et commença à jouer de la guitare.

— Earl ? Que se passe-t-il ?

Pearl rougit et ses yeux s'écarquillèrent. Earl sourit, ses doigts travaillant habilement les cordes alors qu'il chantait :

Il y a de l'amour dans l'air,
Il y a de l'amour dans l'air,
Cela n'était pas clair,
À quel point cela allait me plaire,
Jusqu'à ce que l'amour soit dans l'air,

Je ne voyais pas,

À quel point tu tenais à moi,

Jusqu'à ce que l'amour soit dans l'air,

Il y a de l'amour dans l'air,

Il y a de l'amour dans l'air,

Quel sentiment, quelle atmosphère,

Tu m'attendras, moi ?

Je te respire comme l'air frais,

Ton cœur, je gagnerai,

Maintenant que l'amour est dans l'air,

Je te chérirai,

N'importe où tu serais,

Maintenant que l'amour est dans l'air,

Il y a de l'amour dans l'air,

Il y a de l'amour dans l'air,

Notre liaison cachée,

Que tout le monde verrait,

Avec de l'amour dans l'air,

Mon cœur bondit chaque fois que nous nous voyons,

Chaque fois que nous nous rencontrons,

Maintenant que l'amour est dans l'air,

Je te respire profondément,

Et promets solennellement,

Jamais nous ne nous quitterons,

Notre affaire de cœur,

Elle va prendre de l'ampleur,

Laisse-moi être ton homme,

Maintenant que l'amour est dans l'air,

Tante Pearl rougit. — Oh, Earl, arrête.

— C'est tellement beau, Earl. Maman joignit les mains, les yeux brumeux.

— C'est toi-même qui l'as composé ?

Earl jeta un coup d'œil à tante Pearl avant de répondre.

— C'est une chanson que j'ai mise en musique.

J'applaudis.

— Je ne savais pas que tu écrivais des chansons, Earl. C'est très beau. Tu es un auteur-compositeur aussi talentueux que musicien.

— Je euh… je n'ai pas écrit les paroles. C'est Pearl. Je les ai juste transformées en musique.

— Pearl a écrit une chanson d'amour ?

Maman ouvrit largement ses yeux.

— J'y crois pas !

— Ce n'est pas une chanson d'amour, Ruby. J'ai juste rimé quelques mots. Je ne vois pas pourquoi tu en fais un tel plat.

Maman riait.

— Ce « plat » en vaut la chandelle, Pearl. C'est tellement… euh, romantique.

— Pourquoi est-ce si drôle ? C'est juste une chanson stupide. Tante Pearl sauta de sa chaise.

— Tu n'étais censé le dire à personne, Earl.

— Eh bien, je suppose que le secret est sorti maintenant. Earl posa doucement une main sur le bras de tante Pearl.

— Ne sois pas en colère, Pearl.

Pearl ouvrit la bouche, mais ne dit rien. Elle avait l'air stupéfaite.

— Je vais chercher le dessert.

Je rigolai de bon cœur.

— Mais nous n'avons même pas encore dîné !

Tante Pearl me jeta un regard avant de se retirer précipitamment dans la cuisine.

Tante Pearl était-elle gênée par la demande en mariage d'Earl, ou était-ce le fait qu'il l'ait fait devant nous tous ?

— Vous deux avez sérieusement pensé que votre relation était un secret ?

Tyler se mit à rire.

— Nous le savions tous que cela allait arriver.

Earl haussa les épaules.

— C'est Pearl qui l'a voulu. Elle disait que cela ruinerait sa réputation. Mais je dis que faire semblant ne fait que t'éloigner du vrai bonheur.

Earl était la seule personne au monde qui pouvait défier tante Pearl et s'en tirer indemne. Il fit un clin d'œil.

— Elle peut fuir, mais pas se cacher. J'ai dû faire ma demande en mariage devant tout le monde, juste pour qu'elle ne prétende pas que cela ne s'est pas produit. Avec un peu de chance et de persuasion, je pense qu'elle se ralliera à ma façon de penser.

La porte de la cuisine s'ouvrit et tante Pearl sortit avec le gâteau ganache chocolat de maman. Elle le plaça au centre de la table et s'assit, évitant tout contact visuel avec tout le monde à table, y compris Earl. Il se tourna vers elle.

— Pearl veux-tu…

Elle mit ses mains devant sa bouche.

— Pas ici, Earl.

Il l'ignora. Il chanta : *Pearl, s'il te plaît…*

Elle agita la main en signe de protestation, mais les coins de sa bouche se transformèrent en un sourire.

— Arrête-toi avant de t'embarrasser. Servez-vous, mangez du gâteau.

Earl joua quelques accords sur sa guitare, cette fois sur un tempo plus rapide et optimiste :

— Pearl, oh Pearl,
Tu es la fille pour moi,
Fais-moi plaisir
Et passes tes journées avec moi.
Tu veux bien, Pearl ?
Dis que tu le feras —

Le visage de tante Pearl était si rouge qu'il correspondait presque à sa combinaison en velours.

— Ferai quoi, moi ?

Earl fit un clin d'œil.

— Tu sais de quoi je parle, Pearl. Earl joua quelques accords à la guitare, cette fois sur un tempo plus rapide et optimiste.

Révèle notre liaison cachée,

Ne sois pas découragée,

Maintenant que l'amour est dans l'air.

Earl s'arrêta et attendit une réponse.

La pièce était silencieuse.

— Oh Earl, veux-tu bien arrêter ?

Earl, toujours persistant, reprit la guitare :

— *Dis oui, ne me fais pas patienter,*

Ne me laisse pas deviner,

Maintenant que l'amour —

— D'accord, d'accord, c'est bon. Tu n'accepteras pas un non pour une réponse, donc, c'est comme tu veux. Oui, je vais le faire ! Mais surtout, arrête maintenant, veux-tu ?

Tante Pearl fit un geste envers Earl comme si elle voulait le faire partir, lui et sa guitare. Maman mit ses mains devant sa bouche.

— Est-ce que c'est ce que je pense ?

Earl sourit.

— Quoi que tu penses, Ruby, tu as probablement raison.

— Earl, s'il te plaît !

Tante Pearl regarda autour de la table, clairement mortifiée par la demande en mariage qui s'était déroulée devant nous tous. Elle examina nos visages pour évaluer nos réactions avant de baisser le regard sur son assiette. Earl avait l'air écrasé. Il se mordit la lèvre, ne s'attendant manifestement pas à la réaction de tante Pearl.

Tout le monde dans la pièce savait que la chanson d'Earl était une demande en mariage déguisée. Cela incluait tante Pearl. Était-elle vraiment consciente qu'elle avait fait mal à Earl ?

— Bon sang, oui, d'accord, Earl, dit-elle après un moment.

— Mais mets cette fichue guitare de côté et déguste ton dîner.

Earl souriait jusqu'aux oreilles, se leva et retira sa guitare. Il alla vers le mur, appuya la guitare contre, puis retourna à la table et s'assit.

— Tu sais que je ferais n'importe quoi pour toi, Pearl.

— Quel chou ! Ne le laisse jamais partir, Pearl ! gloussa maman.

Grand-mère Vi frappa dans ses mains.

— Bravo !

Tante Pearl leva les yeux au ciel.

— Ce n'est qu'une chanson, bon sang ! Que tout le monde se calme. Je voulais garder le secret, mais ce n'est plus possible maintenant. Earl et moi avons décidé de nous lancer dans l'écriture de chansons. J'ai écrit les paroles et il les a mises en musique. Nous avons participé à un concours et nous allons probablement gagner.

Tyler sourit.

— Oh, vraiment ? Où puis-je trouver plus de renseignements sur ce concours ?

Tante Pearl grimaça vers Tyler.

— Tu ne peux pas. Je doute que tu puisses écrire une bonne chanson, mais même si tu l'as fait, il est trop tard. La date limite était il y a une semaine.

Peut-être qu'ils avaient vraiment composé une chanson, et peut-être qu'il y avait un vrai concours, mais j'en doutais. Je ne pouvais pas imaginer tante Pearl écrire des paroles romantiques, encore moins les rendre publiques pour un concours de chanson.

Earl venait de faire sa demande en mariage, et tante Pearl avait accepté à sa manière étrange. Une chose était certaine : elle n'aurait pas si bien réagi si Earl s'était mis à genoux et avait posé la question. Earl était à la fois subtil et pourtant public, avec sa façon énigmatique d'annoncer leur amour au monde — ou du moins à notre famille. C'était quelque chose que tante Pearl ne serait jamais capable de faire elle-même. Elle n'aurait jamais admis être amoureuse d'Earl ou vouloir l'épouser. À sa manière, il la comprenait comme personne d'autre. Sa demande en mariage soigneusement préparée avait permis à tante Pearl de ne pas perdre sa face et de garder son image grincheuse. Mais Earl avait également gardé le dessus avec sa demande en mariage insolente.

* * *

TRENTE MINUTES PLUS TARD, nous étions autour de la table de la salle à manger, remplis après un délicieux dîner. Maman et moi avions prévu un mariage extravagant pour Earl et tante Pearl. Earl joua encore quelques chansons sur sa guitare pendant que Tyler coupait et servait des tranches du gâteau ganache chocolat de maman.

La pâtisserie de maman m'a toujours surprise. Chaque création semblait saupoudrée de magie, même si je savais qu'elle cuisinait toujours à partir de zéro sans aucune sorcellerie. Cela nécessitait beaucoup de volonté parce que les sorcières peuvent manifester à peu près n'importe quoi. Mais la pâtisserie, comme la vie en général, n'a pas de véritables raccourcis. Vous obtenez exactement ce que vous y mettez, ni plus ni moins.

Alors que je savourais le chocolat riche, ma dent mordit sur quelque chose de dur. Je plaçai la serviette sur mes lèvres et je recrachai la roche incriminée.

J'ouvris la serviette pour trouver une bague incrustée de gâteau.

Une belle bague de fiançailles solitaire.

Elle était identique à la bague que tante Pearl avait sortie de la poche de la veste de Tyler, à l'exception d'un détail. Cette bague était un solitaire en diamant rose, pas un solitaire en diamant blanc. Mais Earl venait de faire la sérénade à tante Pearl avec une demande en mariage. Cette bague ne pouvait pas être pour moi.

— Oh, non ! Tante Pearl, je crois que j'ai…

— Ohlalala, mon Dieu, merci ! Je pensais vraiment que tu allais manger ce truc ! s'exclama maman.

La belle pierre précieuse rose brillait alors que la lumière se reflétait sur les facettes. Tyler avait vraiment acheté une bague, sauf qu'il s'agissait d'une bague différente de celle avec laquelle tante Pearl s'était moquée de moi tout à l'heure. Sa bague était une bague d'imitation avec une grande différence : sa bague manifestée avait un diamant blanc au lieu d'un diamant rose comme celui qui était devant moi maintenant. Tante Pearl avait manqué un détail important en lançant son sort espiègle. Mais maintenant, plus rien de tout ça n'avait d'importance ! Tyler repoussa sa chaise et se mit à genoux.

— Cendrine West, veux-tu m'épouser ?

* * *

Vous avez aimé ce livre ? En savoir plus sur Colleen Cross et ses livres sur www.colleencross.com

À PROPOS DE L'AUTEURE

Colleen Cross écrit des mystères et des thrillers. Elle vit au Canada au bord de l'océan sur la côte ouest. Ses livres à succès ont été traduits dans de nombreuses langues du monde entier. Ses livres sont disponibles dans les librairies et les bibliothèques en format ebook, audiobook, paperback et hardcover.

Pour découvrir son univers : www.colleencross.com

DE LA MÊME AUTEURE

Fraudes : Thrillers judiciaires de Katerina Carter
Stratégie de sortie: Crimes et enquêtes
Théorie des jeux
Formule mortelle
Mise au vert
Rouge vif - Nouvelle
Lune Bleue - Roman court

La Couleur de l'argent : Enquêtes criminelles de Katerina Carter
(Coffret 3 volumes)
Thrillers judiciaires de Katerina : Tomes 1 et 2
Thrillers judiciaires de Katerina Carter : Tomes 3 et 4

Les Petites Enquêtes Surnaturelles des Sorcières de Westwick

Charmée de vous rencontrer
De la sorcière à la richesse
Le sort vers la gloire
Pas de réveillon pour les sorcières
L'heure de sorcellerie mortelle